Die sanfte Gleichgültigkeit der Welt
Peter Stamm

这世界的甜蜜与冷漠

〔瑞士〕彼得·施塔姆 著　　陈巍 译

人民文学出版社

著作权合同登记号 图字 01-2022-3319

DIE SANFTE GLEICHGÜLTIGKEIT DER WELT (THE GENTLE INDIFFERENCE OF THE WORLD)
ⓒ 2018 by Peter Stamm
First published under the original German title Die sanfte Gleichgültigkeit der Welt by S. Fischer Verlag GmbH, Frankfurt/Main, 2018
Published in agreement with Liepman AG Literary Agency, through The Grayhawk Agency Ltd.
Simplified Chinese translation copyright ⓒ 2022 by Shanghai 99 Readers' Culture Co., Ltd.
All rights reserved.

图书在版编目(CIP)数据

这世界的甜蜜与冷漠/(瑞士)彼得·施塔姆著；陈巍译. —北京：人民文学出版社，2022
(中经典精选)
ISBN 978-7-02-017405-8

Ⅰ.①这⋯ Ⅱ.①彼⋯ ②陈⋯ Ⅲ.①中篇小说-瑞士-现代 Ⅳ.①I522.45

中国版本图书馆 CIP 数据核字(2022)第 153910 号

总 策 划　黄育海
责任编辑　朱卫净　周　展
封面设计　汪佳诗

出版发行　人民文学出版社
社　　址　北京市朝内大街 166 号
邮政编码　100705

印　　制　凸版艺彩(东莞)印刷有限公司
经　　销　全国新华书店等

开　　本　889 毫米×1194 毫米　1/32
印　　张　4
字　　数　69 千字
版　　次　2022 年 10 月北京第 1 版
印　　次　2022 年 10 月第 1 次印刷

书　　号　978-7-02-017405-8
定　　价　50.00 元

如有印装质量问题，请与本社图书销售中心调换。电话：010－65233595

中经典
精选

Novella

我们一动不动地躺在那儿，身下所有物质都在运动，推动着我们，温情脉脉，由上往下，从一侧到另一侧。

——塞缪尔·贝克特:《克拉普最后的录音带》

1

她常来看我，大多在深夜。随后，她走到我床前，俯身打量我，说道，你老了。她没有恶意，声音听起来既热情又欢快。她坐在我的床沿上。但是你的头发，她一边说，一边抚弄着，虽已花白，但仍然那么浓密。只有你不会变老，我答道。我吃不准，这番话是否令我快乐或悲伤。我们聊得不多，我们还能谈什么呢！岁月如梭，我们相视而笑。

她几乎每天晚上都来，有时天蒙蒙亮才到。她不太守时，可并未给我造成困扰。她在我这儿待的时间越短，我自己的空闲就越多。除了等待，我啥都干不了。她越迟迟不来，我越不停地期盼她。

今天一大早我就醒了，立即爬起来。我不想躺在床上再次迎候她。我穿好合适的裤子、夹克和深色皮鞋，端坐在窗前的桌旁。我准备妥当了。

几天来天气骤冷。屋顶和草地上落满了积雪。村里各家各户的烟囱升起袅袅青烟。我从抽屉内取出玛格达莱娜影像的小相框，里面镶着一张我很久以前从报纸上剪下的照片，她的脸在上面勉强辨认得出。纸张虽已发黄，却是我手头她唯一的影像。我每天几乎不下一次地观看它，用手指摩挲着窄窄的相框，在我看来，相框就等同于她，我触摸时，仿佛在抚摸她的皮肤、头发和身体的曲线。

我再次朝窗外张望，看见她站在屋外，呵着热气，笑盈盈地朝我挥手。她嘴唇翕动，我猜她正在喊我。出来呀，她再次喊道，千真万确，我能从她嘴巴的开合中看出来：我们去散步吧！我答道：等等我！沙哑的声音吓了我一跳，分明是老年人的声音，好像出自一个老态龙钟的躯体，令我感觉极其陌生，然而确实属于我。我赶紧穿好大衣，披上围巾，匆匆下楼，在凸出的石阶上差点跌倒。我终于离开家时，玛格达莱娜早已走远了。我沿河岸紧随其后，走向通往我儿时村庄的小吊桥。经过我们童年喂鸭子的池塘，骑单车狠狠摔过的地方，青年时夜晚幽会，点燃篝火的场所。我感觉我仿佛成为这道几乎亘古未变风景的一部分。

玛格达莱娜快接近吊桥了。她步态轻盈，似乎飘浮在白雪覆盖的路面上。刚才，我情急之中忘了带拐杖，此时在两种恐惧之间张皇失措：担心在冰面上打滑摔倒，也害怕玛格达莱娜从我眼前消失。我再次大声地呼喊：等一等，我走不了那么快！

我脑海里浮现出一幅幅画面：在山里她从我眼皮底下消失；在城中我们找到了路；那天夜晚我们手挽手漫游斯德哥尔摩，我给她讲了我的故事，也给她讲了她的故事；那天夜晚，她亲吻了我。她朝我转过身，面带微笑。来呀！她喊道。到我这儿来！

2

玛格达莱娜肯定觉得我留下的字条非常奇怪。没有电话号码和地址，只告诉她时间、地点和我的名字：您明天中午两点钟来林地公墓①，我想给您讲一个故事。

在轻轨车站的出口处，我准时等候她，而她两点一刻还没有来。我猛然想起她也许打了一辆出租车。然而，她的迟到并无特殊含义，她向来不够准时。她并不是在咄咄逼人地通知等候者：他的时间没她的重要，倒不如说，她就是这样心不在焉地对待生活中的一切。我确信她会来，她的好奇显然比疑惑更强烈。

过了五分钟，后一班车也抵达了。我估摸她多半不在这趟车上，她却一蹦一跳地走下台阶。我本来想自我介绍，还没等仔细打量她，就如同前天等在酒店那样尚未攀谈就感觉喘不过气来。她的年龄多半不满三十，比我小二十多岁。她貌似少女，遇到我们的人，大多认为我们是父女俩。我听任她从我身旁走

---

① 瑞典首都斯德哥尔摩的一处世界文化遗产，全称"斯科斯累格加登公墓"（Skogskyrkogården），意为"教堂花园"。

过,没有打招呼,然后尾随她走向林地公墓。

她的举止不像去约会。她沿着大街快步前行,好像这条路走过了上百遍。我猜测,她也许会在墓地门口等我,她却毫不迟疑地走了进去,登上一座古木参天的小山丘。山丘底部高耸着一个巨大的石质十字架,散发出某种异教的味道,这里的风景和自然显得比神圣的建筑及各种基督教符号更强大。

玛格达莱娜坐在山丘上的一棵秃树下等我,我们好像刚比赛过,她是获胜者。我上气不接下气地跑到她身旁,尽管她没抬眼瞧我,但似乎马上知道我就是要约会她的人。莱娜,她自我介绍,向我伸出手。克里斯托弗,我答道,有点愠怒地把手递给她。你不叫玛格达莱娜吗?没人这么称呼我,她微笑着说,不同寻常的约会地点。我不想让我们的谈话受干扰,我解释道。

我在她身旁坐下,一道俯视多半是二十世纪三十年代建造的黄色石料建筑物。在几幢长方体建筑旁伸出一个方形立柱支撑的宽大屋顶,前方是一个结了冰的大池塘。起伏不平的草地上残留了几处积雪。公墓门口陆续出现身着深色大衣的人,有些独自前行,也有的成群结队。他们站立在其中的一幢建筑前,显得稀稀拉拉,似乎极不相称。

我喜欢墓地,莱娜说。我晓得,我答道。天气太冷了,咱们活动活动吧?

我们走下山丘。参加葬礼的客人消失在小教堂的屋顶下，广场上又不见人迹。这幢建筑旁耸立着一根嵌有时钟的枝形路灯杆。真稀奇，莱娜说。好比竖在站台上。她站在时钟下方，举头仰望，如同一位无法预料列车开行的游客对着手表。她冲我微笑，继续扮演她的角色，直到我鼓了几次掌，才笨手笨脚地鞠躬致谢。

我们继续徜徉在这块空地上，穿过几何形状的墓地，走向一处稀疏的松林。我们并排走着，肩膀不时碰到一起。莱娜此时缄默不语，并非失去了耐心。我们喜欢长久漫步，不做交谈，只专注思考。最后，到了第一排树林的间隙，我才停住脚步，说道，我想给你讲一讲我的故事。她没做回应，而是朝我转过身，用一种与其说是完全理解，倒不如说有点好奇的眼神打量我。

我是作家，我说道，或者说，我曾经是作家。我出版过一本书，迄今已经十五年了。我男友也是一位作家，她说，或者想要成为作家。我晓得，我回答。因此我想给您讲一讲我的故事。

我们沿着砾石路缓步前行，小路呈直线横贯森林。我给莱娜讲起十四年前那场让我放弃写作的奇遇。

3

上大学时我就开始创作我第一部长篇小说,由于书稿充斥着老生常谈和文学影射的宏伟结构,没人想读,更别指望出版了。常年的努力与屡败屡战最终帮助我获得了成功。小说的主人公类似我,是一名幻灭的作者,多年以后,我借此找到了一家出版社。该书讲述了一个爱情故事,本来应该成为我女朋友的肖像,而写作期间我们却分手了,所以变成一个情侣分手和爱情无望的故事。在创作中我首次感到我创造了一个活生生的世界,同时又越来越脱离现实,日常生活令我感到无聊与乏味。女友弃我而去,倘若再诚实点,其实早在几个月前我在内心就与她分离了,我遁入了虚构和我的艺术世界之中。她告诉我,即便我待在她身边,她也不可能再对我有什么牵挂,我也只是觉得厌倦与烦躁。

小说在书商和读者那儿反响不错,图书评论也吸引了不少关注,我的这部处女作包含了所有未来的可能。一位女评论家写道:很久过去了,我确实头一次开始相信未来。经过多年的勉强糊口之后,小说的热卖让我获得了一笔还算过得去的收入,起码我有一本书在握,能够替自己的努力辩护。那些失败的写作经历,让我觉得如同一段消逝的时光:我在迷宫般的写作计划中起步,受膨胀的野心驱使。

我从不承认我写的故事与个人之间存在任何联系。每当朗诵会结束有人问起这个问题时,我都拒绝回答,始终坚持叙述者与作者之间的区别。

出版社为我安排了多场朗诵会,我喜欢离开空寂的公寓,在乡间游逛,参观陌生的场所,在晚上忙碌几个小时。后来我收到故乡村庄一家小书店发出的邀请,只是犹豫了片刻。上了年纪的书店经理给我写了一封情真意切的邀请信,弄得我不好意思拒绝。朗诵会的日期逐渐迫近,我才开始感到不安。因为我得在一群从小就认识我的读者面前朗读,他们也许会认为小说中的人物与我及我目前的生活有关。

十一月下旬,午后一过我就出发了。我很久都没有返回过家乡,想要验证现实与我的回忆是否一致。

列车一站站停靠,车内的乘客越来越少。火车好像在逐渐靠近一处禁区,我成了车厢里最后一名乘客,连检票员都懒得过来瞧瞧。我出发时,阳光普照,但是火车越往东,窗外的雾气就越浓。随后车窗前是灰蒙蒙的一片。森林、秃树、荒芜的农田、一群绵羊、孤零零的庭院或村落不时一闪而过。快要到达目的地时，近乎笔直的铁路绕了一个弯，为了跨向河对岸。在弯道前，列车放慢速度，最后完全停稳。铁路的倾斜在列车通过时几乎难以察觉，弄得我站立时才感到不适，似乎失去了平衡。列车停了很久，然后咣当一声启动，驶过了河流，好像任何能解释的停车都未发生过。但是在列车抵达村庄前，我的不适感并未完全消退。

冬季里，此地的浓雾常常持续数周，在这种天气中，无人能像我那样回忆起我的童年，一个冰冷的世界，既灰暗模糊，又安全可靠，所有远处的物体似乎都不存在。只有在我高中毕业、离开村庄搬入城里之后，才领会到世界多么广阔，多不可靠。也许我因此开始写作，想要再现我消磨掉的童年风景和安全感。

朗诵会结束后我完全可以坐车回城，但还是请书店老板在市场广场旁购物中心里的酒店开了一间房，一家餐馆和剧院就在附近。我上大学前，曾在那里干了几个月的夜班门房。当时，这幢综合性建筑刚刚竣工，我觉得高大雄伟，而如今，它显得朴素、陈旧与晦暗。

我打算在村里散步，从火车站去酒店的路上，信任与新奇的交织令我烦躁与不安。即使建筑物的外观与我青年时代别无二致，我依然感觉陌生，它们犹如陈列在博物馆内，脱离了具体的背景与功能。

酒店房间里空气干燥,弥漫着气雾剂的霉味。我躺在床上,想起村庄往昔的模样。我闭上眼睛,一切依旧。房屋、街道和此地的村民。我回忆起开市日的营业,充斥着管乐和烟火的游行与庆典,也想到了令人困倦的春天,夏日的空旷,秋季阴雨下的安逸。每个季节都有特殊的气味,沥青路上的雨水,滚烫的柏油,腐败的树叶,即使是雪花也有味道,一种克制的新鲜味,我觉得那是一种味道。

一阵铃声唤醒了我。房内昏暗无光,我费了点周折才找到电话机,报上姓名。电话是书店老板打过来的,他打听我何时抵达,要不要来酒店接我。我自己认得路,我说,家乡我还熟悉。

我的担忧纯属徒劳。我不认识现场的任何听众,似乎也没人对我来自本村感兴趣。朗诵会结束后,听众提了几个普通问题,似乎刻意回避了涉及个人自传的提问。然后,我与书店老板和几位老顾客上酒吧喝酒。尽管我们没聊太久,时间也不早了。我打听了村里的几个人,陪同们并不认识,或者从姓名推测,要么搬走,要么年事已高,不再有什么影响力了。而他们谈及的各种乡村轶事,政治轨迹,无足轻重的故事,我全都没听说过,也与我没有丝毫关系。子夜时分,餐馆打烊,我竭力说服书店老板不要陪同我回酒店。

当天在夜间空旷的马路上匆匆走过,我头一次感受到某些信任,与时间和夜晚相比,似乎与此地的关联更少。回忆唤醒了长久盘桓酒吧后回家的路,唤醒了在告别的十字路口与朋友们的无尽交谈,也唤醒了高调的计划和伟大的期待。

酒店大门设在一个灯光昏暗的低矮廊架下,玻璃门上了锁。我按了一下门铃,等候时才发现我喝醉了。我把手按在冰冷的玻璃上,几分钟后,又摁了一下门铃。我想起了我做夜班门房时的监控过道。想起当时我紧握手电筒走过剧院大厅,穿过空旷的舞台、寂静的走廊和会议室,走入地下车库。

我终于听见有扇门咔嗒一响,随后见到走廊上冒出一个人影,里面的玻璃门开了,一个年轻小伙子朝我走来。他在匆忙开锁的时候,我看见我脸部倒影旁是他的面孔,当他替我拉住门时,我才发现他就是我本人。

4

这点您怎么看呢？莱娜问道。我们走到砾石路的尽头，站在一个高大的赭色立方体前面，旁边是一道希腊风格的柱廊。她用滑稽好笑的声音读起建筑物围墙标牌上的文字，一个费解的瑞典词，我们猜了好几次，译成"复活礼拜堂"。礼拜堂侧面坐落着一幢长条状平房，内设卫生间和多道沉重的金属门。这里是否安放着死者？莱娜问道，把手掌放在其中一扇门上。是否里面还躺着一个人等待复活？她故作惊悚状。现在去哪儿？我问道。只要不按原路返回，她说，我不喜欢走回头路。我们选择了眼前的第一条路，缓慢地走过成排的墓碑。

若换了您，怎么看待这点呢？莱娜追问道。难以解释，我说。我一见到这个青年，立即明白我与他是同一人。因为您也干过夜班门房吗？不止这一点，我回答。我觉得，我好像在照镜子。非常奇怪，他好像没有发现我们有任何相似之处，意识到我俩是同一人。他仅仅十分平常地跟我打了声招呼，带我走到前台，递给我房间钥匙，向我道了声晚安。

那天夜晚，我难以入眠。我不由得想起了这个夜班门房，想起他此刻正走过黑乎乎的房间，我觉得，我好像与之同行，我再次感到恐惧与冲动的奇怪交融，当时我也是怀着这种情绪巡查的。我的前任是一个老头，他花了两到三个晚上，向我交代各种程序：子夜时分锁好入口大门，然后巡查、关门、熄灯。此外，我还要完成几项辅助工作，因此通常需要一到两个小时。我得擦洗前厅，分拣餐厅的空瓶子，让晚来的客人入内。深夜两三点，还要去厨房冰箱取些食品。然后躺在前厅后面的木板床上，但我从不睡觉，要么阅读，要么拿我的工资在门边的老虎机上赌博。我有时漫无目的地溜达，欣赏周围的环境和村里一个陌生场所。一处游客光顾的地点，他们像秘密教派的成员，在不被村民注意的时候在此会面。四点过后，给书报亭送报纸和杂志的司机拍打玻璃门。我给他开门，他从自动售货机里给我俩各买了一杯咖啡。司机真诚友善，经历过悲惨的往事，他曾经连续数夜用温柔的声音给我讲故事。他离开没多久，我就要换班了。我那时住在家里，与父母一块儿吃早餐。他们的一天刚刚开始，而我的一天才宣告结束。我大多只睡到中午，依然能想起那些奇特的下午，因熬夜极度疲惫，又十分清醒，想起那种摆脱了时间按照自己异步的节奏生活的感觉。

次日凌晨，我想早点回家，但是我终于爬起来后，又不得不快马加鞭，免得错过早餐。如今在前台背后坐着一名年轻的姑娘，我寻思了一会儿，是否在夜间与当年"我"的相遇只是梦中的想象。

5

我的书卖得不错。我四处旅行，朗读与讨论书中的内容。我甚至还签署了几份版权协议，与几位译者和出版商通信，应邀去国外访问。我获得了一笔奖学金，在我看来可谓数目可观，我需求不大，起码可以保证一年生活无虞。但是成功无法蒙骗我，我不知道下一本书该如何写。我一再启动新的写作项目，仅仅为了在几十页过后使之无聊，最终无助地放弃。我不但丧失了灵感，我的语言也失去了生命力，也许，我认为写作只是义务，不再是需求。有时候我数周之内都写不出几个词，通过阅读消磨时光或者漫无目的地调研我后来难以开始的写作项目。我一直住在我和女友同居过的公寓，眼前的景象让我想起她，想起与她共度的时光。我文学创作上的成功曾让我觉得无比快乐，如今恋人的离去又让我深感痛苦。

那天晚上与过去的我相遇始终萦绕在我心头。有一次我甚至打电话给酒店，打听夜班门房的情况，但是我的解释含混不清，虚构的调查动机也破绽百出，弄得电话机旁的女子满腹狐疑，她再次询问我的名字，我却不想透露任何信息。我开始写我影子的故事，如同我第一本书那样，在文学创作上的尝试少于对此事的理解。但是这次我没有成功，该故事比我能够把握的更蹊跷、更玄奥。

我不停地思念我的女友，阅读我们之间的通信，观看我们一块儿度假拍摄的照片。那时我们近乎囊空如洗，仍然四处旅行、漫游或者搭顺风车，在青年旅社或者帐篷里过夜。她是演员，受聘时常常有几周空闲。我们彼此快乐幸福，尽管我有时候自问她怎样看待我，我从她那儿能得到什么。我们共度了三年时光，她的许多方面依旧让我觉得是个谜。

6

莱娜说，我也是演员。我知道，我说。您从哪儿知道的？她问。您为何声称想要了解我的生活。您在窥探我吗？没有，我说，我就是不想提及。我不知道我为何要倾听这一切，她说。因为您好奇吗？莱娜略微摇摇头，似乎对她自己也觉得奇怪。我讨厌有人跟踪我，然而对于您，我却没有这种感觉。事关另一个女人，对不对？

我们走到墓地尽头，离开墓地，干脆继续前行，首先穿过一个简陋木屋组成的社区，然后是一排出租房。相邻的公寓区中间长满密密麻麻的矮树，如同一座森林。有些地方花岗岩穿透地面，似乎要撞开薄薄的文明层面。还没到下午四点，暮色已然降临。

我们去喝杯咖啡吧？莱娜问。我表示赞同，经过一番搜寻，我们发现了一家面包房，里面摆着几套塑料桌椅。在吧台上我们取了两杯淡咖啡，在一扇蒙着水汽的大窗户旁坐下，窗户上还贴着节日装饰，圣诞老人坐在一个满载包裹的驯鹿爬犁上。莱娜好像第一次留意我，用审视的目光打量我，面带微笑说道，一个疯狂的故事。故事远远没有结束,我说完,继续讲下去。

我的图书上市快一年了,母校有一位教授邀请我参加一次当代瑞士文学的讨论课。他请我在他的学生面前朗读,谈谈写作体会。我喜欢这种偏题,我本来想做的小报告会耗费我太多的时间。

一个三月末的雨天。讨论课在下午开始。房间与我大学时相比没有太多变化,学生们三三两两地坐在门厅前冰冷的石板地面上。布告栏上贴满各种讲座、课程、学生们竞选的海报。我想起上大课时的无聊,研究所图书馆的昏昏欲睡。我花了几个礼拜写论文,心里明白,阅读论文者不会超过两到三人,一种恐惧与不安的想法。我无法再想象当时是哪种力量驱使我。我曾那么空闲,但是在我回忆中那些岁月充满了深深的犹豫。我觉得我似乎深陷大学校园内高低错落的建筑中,犹如走入了迷宫,我并不害怕,而是觉得安全。那时留在记忆中的所有景象,好像被微弱的灯光照亮,显得模糊不清。

教授的讨论课在一间大教室举行,好像颇受欢迎。我走进去,看见四十多名大学生成排就座,与我当年读书时相同,女生多于男生。教授在介绍我时,我抬眼一排排扫过去,忽然看见那位夜班门房——年轻时代的"我"。他坐在非常靠后一排的边座上，手握一只塑料杯，不时抿一口。我再次见到他时有点惊慌失措，连教授的发言都没注意听。一阵充满期待的宁静开始后，我才意识到教授已说过让我发言了。我镇静下来，开始做报告。我把写作与陌生的景区寻路相比，谈到自传与个人的差别。报告完毕后有许多人提问。我村里的那个年轻人认真倾听，每次我抬眼望他，目光一交会，就快速移开，好像他能够认出我，揭发我。他没有提问，只在小笔记本上记一两笔，再把本子塞入口袋内。下课铃一响，教授做了简短的总结，让大家想想下周重点是哪一位作家。我不觉得奇怪，那位与我相貌相同的青年第一个快步离开，好像得立刻去参加下一场活动。我真想尾随他，但是有几位大学生索要签名，一名年轻女士请求我给大学生报纸撰写一篇文章，另一拨人想知道寻找出版社的窍门。当所有人都获得满意结果后，年轻人早已踪影全无。我向教授打听那个男生，与我相同的褐色头发，手握咖啡杯，坐在第六或七排的最左边。教授想不起他的面孔。肯定是一年级新生，他说道，他们进进出出，我记不清所有人。

一周过后，我再次去了德语语言文学研究所，在门厅等候讨论课结束。下课铃一响，我的影子就走下楼梯，我尾随他从教学楼里出来，沿大街前行。他只穿了一件卫衣，尽管天气很冷，阴雨绵绵。他朝湖畔走去，在剧院旁转弯，走过一段贯穿居民区的"之"字形路，步入一家老式咖啡馆，这里我读大学时就熟悉，常常在此吃晚饭。

咖啡馆里几乎空无一人。我在这位大学生背后的一张餐桌旁入座。女服务员接受了他的点单，一份火腿奶酪吐司和一小杯啤酒。服务员走到我跟前，我说，我点相同的东西。服务员惊奇地打量我，我重复了他点的东西。"我的影子"好像什么都没有听见，之前，他在门口取了一份报纸，正在翻阅。我也从报架取下一份报纸翻看起来，但是我无法专心阅读上面的文章，不时地偷眼看他。

我觉得，在小时候若有一名玩伴重复我的讲话，模仿我的动作，我立马就会怒火中烧。而如今我有一种感觉，有人在模仿我，学着我跷二郎腿，学我读报的样子，学我在桌子上摆正餐具的方式。他用我讲过的话感谢女服务员，像我那样缓慢而认真地享用烤面包。他吃完后，推开盘子，从背包里取出一个大笔记本，开始阅读里面的内容。如同我过去那样，他有时会在上面画杠，用一支细细的自动铅笔在本子上涂写。我也这样做过笔记，而后来翻阅时觉得只是些杂乱无章的符号。

大约一小时后，大学生付账离去。我盘算着与之攀谈，却产生了罕见的羞愧与恐惧。我也付了账，继续尾随他来到空旷的大街和空无一人的小巷。我熟悉这处居民区，不奇怪，他走入一幢房子，我读大学时曾栖身于同一幢房子的一间阁楼上。在最上面的门铃标牌上是手写的我的姓名，看上去与我的相似，容易产生混淆。

7

三位年轻的母亲走入店内,在我们邻桌坐下,每人身上都携带着婴儿监听器。您瞧瞧,莱娜说着,指指三辆停在面包房外吹冷风的婴儿车。此地的儿童很早就得适应生活的无趣。我不相信人们能够适应寒冷,我说道。

莱娜起身,端起我们喝干净的杯子走向吧台。她回来时,在我面前停留了片刻,审视了我一番。对此只有一种非常简单的解释,她用明快的声音说道。是什么呢?我问道。您疯了,全是胡编乱造。那么您最好还是返回酒店吧!我说道。我不怕您,她说,首先我想听听故事的结局。故事的结局我不能告诉您,我说道,只有书中的故事才有结局。但是我可以给您讲讲后面发生的事情。

我们现在不清楚走到了哪里,干脆决定径直走下去,不论道路把我们引向何处。

第二次与当年的"我"相遇使我彻底脱离了正轨,我说道。我尝试从这桩事中再编一个故事,我一直以来的所作所为,让我意识到好像有人站在我身后,模仿我。我觉得我整个生命既可笑又错误。每当我想起我曾对女友发誓：我多么爱她，我听到的却是另一个人对他女友的相同表白，犹如未来的回声，他的话听上去似乎来自一部廉价的爱情小说。每当我回忆起我们亲吻的情形，却看见他们正在接吻。我嫉妒他，他好像通过模仿偷走了我的记忆。所以我知道，几年前他就约会过我女友，如同他会再次失去她那样。然而，最坏的后果是我开始怀疑我的爱、她的爱以及我们之间发生的所有事情。我觉得我们的故事宛如一场糟糕演出前的失败彩排。

8

这时天色彻底暗下来。我们走过一个几条宽阔马路交会的偏僻街区，经过一座高桥，最后踏上一条长长的购物大街。大街左右两侧的建筑物千篇一律，大多数商店属于国际连锁，在任何一座城市都可见到。我们缓慢行进，我们超过与遇见的行人也许刚下班，匆匆回家。莱娜担心我们或许会在人潮中走失，挽住了我的胳膊。

我知道这种感觉，她说道。有时，如果我没有进入角色，就会在扮演时观察自己，然后我觉得我好像没有扮演角色，而是这个角色在扮演我，好像我的形象在模仿我，取笑我。我不再相信观众注意什么，然而我随后感到，似乎所有力量都从我身上消失了，似乎在表演背后，我只是一具空壳、一件戏服，挂在衣帽间内，直到下一次演出。

我确实思念我的女友，我说道，非常强烈，我有时候觉得，没有她，我只是半个人，没有她，我好像无法生存。您向她表达过这些感受吗？莱娜追问的急迫态度让我吃惊。您试过再次把她追回来吗？我没有作答。莱娜松开我胳膊，一下子站住了。

我向她转过身，她上下打量我，接着说道，我觉得他与您不是同一个人。不，确实不是。而且这个名字也不少见。另外，大家管我男朋友都叫克里斯。从来没人那么称呼我，我说道。他没有写作危机，莱娜讲着，继续往前走，他还在工作，他感觉不错。他到底在写什么呢？尽管我知道，仍然这么追问。他不太喜欢谈论眼下正在从事的写作项目，她说。您从哪里得知他确实还在写作？他差不多就要完工了，她说道，这是一个特殊的项目。他写了您，对不对？我问道。如果是呢？莱娜说道。

9

当时是玛格达莱娜的主意。我刚刚又废掉一项雄心勃勃的计划,快要接近彻底放弃写作了。我向她诉苦,我说道,我写的文字,我觉得做作、过于理想,我构想的每个故事,别人都讲过了上百遍,远比我的更精彩。写写你内心的感受,她说道。写作凭感觉,不是凭大脑,讲讲你自己的故事。我没有故事,我说,我的童年跟大家一样极其普通,我的青春期也不比别人受过更多的煎熬。我现在的生活呢?我去描写一位无力写作的男人吗?写一本关于你和我,我们的生活,我们爱情的书。所有东西你想得太简单了,我说道,一个文学文本需要适当的形式,合乎逻辑的顺序,我们的生活没有,幸福不足以编出精彩的故事。然而,在玛格达莱娜外出一周的空当期,我开始尝试描写她,我们生活的小型素描,与其说是书,不如说是画面。我们在家具店的床上试睡,营业员看她的眼神,似乎想与她共眠;我们把厨房粉刷一新,被挥发的油漆熏得像喝醉了酒;一个阴雨霏霏的日子我们起不了床,但是我随后去了一家面包店,细雨落在脸上,突然想到永远离开,尽管我之前从未那么开心过；我们去登山漫游，遇到了暴风雨，我突然意识到，我们可能会死去，我们总有一天会死去。

周末，玛格达莱娜返回家中，问我在她离开期间做了些什么。一切可能之事，我说。至于描写她的文字，我只字未提。我感觉我好像在拿一位酷似她的人欺骗她，好像与现实中的玛格达莱娜相比，我创作的玛格达莱娜与我更亲近。我打量她，不再能认出她。但是，我认为，我看见的她似乎比过去更真实，一个完全陌生的女人。你有什么心事吗？玛格达莱娜忧心忡忡地问道。我摇了摇头，拥抱了她，仿佛我可以再次与她亲近。

那么她与我的名字相同吗？莱娜问。是的，我固执地说，像您那样叫玛格达莱娜。给我讲讲她的故事。我该讲些什么呢？我爱她。您俩怎么认识的？莱娜问道。在山上，我说道，匆匆瞥了她一下，但她脸上没有任何表情，只是说，继续讲吧！

10

我们住在同一家酒店,一间位于恩加丁①的民宿。玛格达莱娜与几个人结伴而来,他们白天出去登山,夜晚在餐厅聊天取乐。由于她比其他人更文静,又是众人关注的焦点,因此引起了我的注意。她也是这伙人中最年轻的,所有三个男人都向她献殷勤,但都采取了一种玩闹的方式,好像别的女人并不介意。

我为了创作一部小说才上山,当时还以为在幽静的环境下能更好地写作。大多数时间我都待在酒店背阴的花园里,在一张不大的花岗岩桌旁阅读和写作,俨然一副作家派头。有一天早晨我去吃早餐,遇见这伙人正要出发,他们大声讨论着当日的计划,但是他们的快乐听上去并不真实,最终离开餐厅时,玛格达莱娜没有随行。

我随后走入酒店的花园正打算工作。玛格达莱娜已坐在我常坐的桌子旁,手里攥着一叠纸。我只能匆匆瞥一眼,好像是

---

① 恩加丁(Engadin)是瑞士最东南边陲的一个山谷,靠近奥地利和意大利,海拔1800米,长80公里,风景秀丽,是旅游度假的胜地。

一部戏剧。她一定意识到了我的犹豫不决。这是您的座位吗？她问道。您坐吧，我说道，我可以另找一张桌子。她指指桌对面的椅子，您要是喜欢可以坐在我对面。

我竭力埋头工作，却无法专心致志，我总是忍不住偷瞄她。后来她离开纸抬起头，似乎觉察到了我的目光，冲我微微一笑。您在写日记吗？她终于问道。那时我一直对写作有点难为情，很想一举成名，但是非常尴尬，始终一事无成。记些笔记，我答道。我也写日记，她说道，我几乎每天都记，十二岁开始就养成了这种习惯。您在日记里记些什么呢？我问道。各类事情。我干了些什么事，我认识了哪个人，我的思考。您会在日记中提到我吗？我打探道。只有您愿意请我喝一杯咖啡才有机会，她说道，然后向我递过手。玛格达莱娜。这一幕有些正式，她似乎很受用。我走进酒店内点了两杯咖啡。

当我再次坐到桌子对面后，玛格达莱娜微笑着说，您现在必须讲讲或者做点异乎寻常的事，让您在我日记中留下一个不错的形象。她把剧本翻过来扣到桌子上，使我无法看见标题，然后满怀期待地注视我。您为什么不去登山呢？我问道。她犹豫了片刻，好像琢磨着值不值得说出原因。这是另外一个故事，她最后说道，并非新鲜有趣。我们在排戏。下周我们开始排演一个剧本。我们几个人事先来山上住几天，为了彼此熟悉。导演认为,这样能让我们产生水乳交融的效果。难道眼下没有成功吗?她耸了耸肩。我坐在这儿感到无聊。您愿意跟我一道去爬山吗?

我们喝完咖啡,相约一刻钟后在酒店前会面。玛格达莱娜迟到了半个钟头,她来时,我已经在那儿研究各个方向的指路牌了。但是她知道要去的目标,指了指我们身后高高的斜坡,说道,其他人可能会感觉太吃力。

山路崎岖陡峭,经过一片欧洲五针松森林。我们前后相继,默默前行,有时候停下来喘口气,交谈几句。我们走了将近一个小时,才来到森林尽头。山路往上延伸到一片碎岩,在此构成了一个宽阔的盆地。我们已经走了两个多小时,坐到一块岩石上休息。我手里只有一瓶水,我不知道玛格达莱娜策划了一次真正的登山之旅。这是个温暖的夏日,我浑身湿透。玛格达莱娜显得娇小玲珑,但她比我更有耐力,很快又催促着再次启程。

我们出发三小时之后,终于抵达一个被洼地保护的小湖。但是玛格达莱娜还想攀登附近的山峰,山峰的名字令她迷恋。半小时后,我们终于登顶。一道美丽的风景浮现在眼前,下方远处的山谷与碧湖时隐时现,山谷对面高耸着一排白雪皑皑的山峰。

11

　　返回途中,我们在湖里游泳,莱娜说道。我觉得奇怪,克里斯那么苍白,我的无拘无束令他大吃一惊。湖水冰冷彻骨,我们只是潜泳了一会儿,然后光着身子躺在岩石上,晾干自己。

　　她忽然停住脚步,直勾勾盯着我。一个年轻人紧随其后,差一点撞倒了她,嘴里冒出几句瑞典语,听起来不太友好。这些全都写在他的书上啦,她说。我不知道您怎么接触到文本的,但是您知道的这些,根本证明不了什么。我没有读过那本书,我说道,我只是写了它。在大约二十多年前。那么您可以告诉我故事的进程吗?她说。我可以,问题是您想不想听?她一言不发,继续沿着大街前行。当我赶上她时,她用胜利的口吻说道,我根本就没在湖里游泳。这是他的主意,我从来没考虑过在他面前脱衣服。他说,他只想立即凉快一下。我走开了。他认为,他很快就能赶上我,但是他弄错了。

　　这是我们的第一次较量。玛格达莱娜赢得了几乎所有我们后来决出胜负的战斗。我晚上走进餐厅时,她正与几位演戏的朋友坐在桌子旁。我朝她点点头，她只是嘲讽地笑笑。后来我在酒店花园内抽烟时遇到其中一个男人，显然是他们正在排演的剧本的作者。我问他首演的时间与地点，而他似乎没有太多兴趣与我交谈。我再次走进屋子里时，玛格达莱娜朝我迎面走来。她跟我打招呼的样子，好像我们之前从未交谈过。

我没有打开房间的灯，走到窗前，看见户外花园里出现了两个人影，彼此紧紧站立。我几乎可以断定正是玛格达莱娜和剧作家。他们好像正在交谈，然后拥抱，亲吻。我产生了一种强烈的嫉妒，不仅对他们的爱，还有他们的生活，他们从属于活动的世界。

那天夜里，我久久无法入眠。次日早晨十点前，我步入大堂，看见这伙剧团成员拖着行李，上了一辆出租车。

12

您可以问问我您的愿望,我说道。不只是书上的内容,也可以是实际发生的事情。我为什么要这样做呢?莱娜反诘道。您有您的生活,我有我的,我绝没有想让您给我讲述我的生活。

我们继续前行,来到了老城,在熙熙攘攘的大街上我们几乎无法交谈。莱娜观赏着橱窗里的摆设,看中了一条简洁的蓝色连衣裙,坚决要试穿一下。我陪同她走入商店,告诉她穿上这件裙子多么漂亮,好像要表明我并不喜欢她试穿每条裙子。我想替她购买,而她坚持自己付账。她好像头一回真生气了。别以为我专心听您说话,您就能随意放肆。我不是您的玛格达莱娜,我也根本不想成为她。我向她道歉,说道,我并无恶意。她走出商店,突然站住。我担心她从我身旁跑开,我不知道该如何挽留她。最后她继续前行,我默默跟在后面,免得再次激怒她。

我们离开老城之后,才开始交谈。这时,我们经过一处不知名的灰色公寓楼小区。许多窗户内亮着灯,在某些较低的楼层里可以看见人们正做着日常工作。一个男人站在阳台上抽烟,朝我们眨眨眼，喊了几句我们听不懂的话。

每当我观察一间陌生的公寓，总在想象我住在里面会怎么样，莱娜说道。她的情绪似乎平静下来。另一座城市的异样生活，我喜欢别的职业，也许我会有一个丈夫、孩子和一条狗，我想打网球或者读业余大学。您扮演角色时，不也总是换上另一个人的皮肤吗？我问道。我不是指这个，莱娜说，我是指真正的另一种生活，另一种故事。请您讲讲您与玛格达莱娜的爱情，莱娜说，您怎么爱上她的。爱情并非合适的字眼，我强调。我喜欢玛格达莱娜，她让我着迷，她挑战我，只不过随着时间的推移我才爱上她。您瞧瞧，莱娜插话道，克里斯立刻爱上了我，一见钟情。

也许我当时确实相信这点，但是按照以后发生的内容，我对故事做出了另外的解释。写作时，我对过度的措辞和情感都很小心，不仅怀疑别人的，还有我自己的。我第一刻就爱上了玛格达莱娜，一点也不奇怪，她年轻漂亮，能轻易让所有人着魔，产生好感。我们登山时，她多半先行，于是我有很多机会观察她。她运动时非常迅捷，仿佛处在低密度的大气中，或者摆脱了重力。尽管她穿着登山鞋，却步态轻盈，走起路来几乎蹦蹦跳跳。她总朝我转过身，微笑着向我喊几句鼓励的话语，一旦她感觉没人注视她，就显得神色严肃，近乎神情恍惚。有时候我觉得，我好像看见一个老妪的面孔，她总有一天会这样。

一见钟情，我说道，事后每个人都会相信他编造的故事，共同选择了那个版本，一段关系的创世神话。因为相信它最简单，也最美好。人们彼此相属，没有其他机会。但是，假如我没有在两个月后看见那张演出海报，或许我早就忘了此事，就像忘记许多事情的开头那样。

我在舞台上再次看见玛格达莱娜，最初都没有认出来。她扮演了一位傻乎乎的女孩，发现她的男友仍然爱着前女友，之后仍受这个男人的引诱。我几乎回忆不起这部戏剧的细节，只知道海报上有一条鱼。

这条鱼也在剧中出现了，莱娜说，一条锦鲤，慢慢窒息。在一个没有湖岸的湖上。我浮在水面。下雪了，雪花落入水中，融化。我肯定赤身裸体，而没感觉冷。没有更多的荒凉。我突然看见我下方，我对面有一个影子，一条体型硕大的鱼漂浮在水中。是剧中的场景吗？我问道。我回忆不起来了。

他付钱给我。莱娜说。在剧里。这个男人没有引诱我，他给我钱是为了与我发生关系。但与妓女不同。他说，如果你拥有某人，才是最纯粹的爱情。因为爱情不是物物交换，因为你不是为了被爱而去爱。您相信这种论调吗？我问道。一派胡言，她说，我不想拥有任何人，也不想被任何人所拥有。被某人拥有吗？确切地说关系到我拥有某人，莱娜说。克里斯在舞台入口等候我时，这个我马上告诉了他。我不喜欢这些。然后您与他喝了一杯葡萄酒。为什么不呢？莱娜说道。

13

我们去了一家价格不菲的酒吧,离剧院不远。我想不出更合适的地方,玛格达莱娜好像也愿意被带去这些时髦的地方。连酒保好像都察觉到了,这是个对我俩很特别的时刻。尽管有很多客人,他还是像招待嘉宾那样招待我们。两杯饮料的价格高得出奇,但是花了那么多钱,竟赋予了那一刻某种庄严的意义。

关于剧本和演出,我说了些陈词滥调。玛格达莱娜似乎有点厌倦她的角色,所以也没兴趣和我深谈这次演出。我向她打听了编剧,想探探她对他的态度,他们是否还有联系,但她同样没有反应,没有回答一个字。她整晚都比较安静,连我也变得越来越安静,也许这是我很快感到亲密的原因。后来,玛格达莱娜双手撑住吧台,身了向后靠,问我能否陪她回家。

她住在市郊,我们本可以乘有轨电车,她却坚持要步行。我们在空无一人的街道上走着,对话终于继续了下去。我们谈到城市和居民,我们的生活和来历,最后谈到她的角色,谈到爱情和财产。这场戏剧抛出的问题比答案要多得多,于是我们开始讨论，因为外表爱上一个人，这究竟是对是错。玛格达莱娜问道，假如我失去美貌，会怎么样呢？因为事故、疾病，或者纯粹是衰老？你还会爱我吗？也许这是真正的爱情，我说，不看外表的爱情。我不知道。但我的相貌，是我的一部分，玛格达莱娜说。如果我的相貌变了，我也会变。为什么你的爱情就不会变呢？她扑哧一笑。这是剧本中我最喜欢的地方。我告诉朋友，其他人为了性给我钱，他打听，多少呢？他只想知道，我在别人面前能值几个钱。只有一位瑞士人会这么问。

差不多两小时之后，玛格达莱娜终于站在了一幢五十年代的灰色出租房前，她感谢我的陪同，在我的脸颊上吻了一下，说道，以后我可以再次陪她回家。

14

我还没有问过他,如果我失去了美貌,他是否依然爱我,莱娜说道,其实我问得很含糊。但他就是这么理解的,我说。我们告别时,他想吻我的嘴唇,但我扭开了头。有点晚了,我说。如果我现在失去了美貌,会发生什么呢?莱娜问,他仍然会爱我吗?您现在与过去一样漂亮,我说道。我不是说您,而是克里斯与我,莱娜说道。

我们沿着交通繁忙的马路一直走,道路两旁工业建筑、仓库和车间林立,还有一间汽车修理厂,关门的加油站。旁边是一个巨大的广场,停满二手车。我想上厕所,莱娜说道。前面有光,我说道。确实,我们走了几百米之后,来到了一家灯火通明、仍在营业的家具卖场。我们似乎是仅有的顾客。一名孤独的营业员走过来,询问我们想买什么,我宣称要买一把阅读沙发椅,莱娜趁机去找厕所。营业员向我展示了不同的款式,用磕磕巴巴的英语向我介绍卖点。几分钟后莱娜回来了,挽住我的手,说道,亲爱的,我们本来是来买床的。她又对营业员说,我们刚结婚,需要一张坚固的床,但我丈夫有些不好意思。

营业员错愕地摇摇头,说道,床品区在四楼,我们二十分钟后关门。他说完,指指电梯。我们表示感谢。

床品区模仿样板房的卧室设计,布置了床、床头柜和壁橱。莱娜在一张殖民地风格、白色绢网帷帐垂落的四帷柱大床前驻足。床头两侧摆着合适的床头柜,还有插着金蜡烛的巨大铸铁烛台。两个样板房之间有块薄薄的隔板,上面画着一片童话中的森林,一头壮实的鹿在林间空地上安静地吃着草。甜美的梦境,莱娜说着,笑起来。假如我是一头欢快的小鹿,我也会在绿色的森林里漫步……您能想象把卧室装修成这样的人吗?她用了几个词、几个手势、几个表情,模仿一位乞求丈夫掏钱的妇女。亲爱的,她说,求你了,求你了!我一直想要这样一张大床!

四处都看不到营业员,而且,走过这一排排毫无生命的静物,感觉很有些怪异,这些东西似乎因为不能孕育生命而全都显得一模一样。下一个展位陈列着乡村风格的杉木家具,莱娜忽然变成一位很有经验的妈妈、一位主妇,用自创的瑞典语说着这些家具都是多么好组装、多么好打理,说等到孩子们长大、都想要自己的房间时,这张大床如何能够拆成两张单人床。我们现在有几个孩子了?我问道。当然是两个,她说道,一男一女,标准配置。再下一个展位,她又变成了女商人,表扬了钢管家具的冷峻设计，检查了所有抽屉的功能。最后，她变成好色的荡妇，坐在黑漆与镜子背景前方的红色床罩上，用食指把我勾向她身边。我坐在她身旁，问道，这些女人中，哪个最接近她。您喜欢哪类呢？她问道。在我能回答之前，她先说道，这一切都是陈词滥调，就像这些卧室。如果地上有一只胸罩，床上有只猫，床头柜上摆着一本填字游戏杂志和一盒安眠药，那么也许能有一段故事。可以听到淋浴室里的水声，我说，透过敞开的窗户，传来城市里嘈杂的声音。另一座城市。莱娜说，一定在美国。窗帘在风中飘。我们第一次真正接吻是什么时候？她问道。几个月以后，我答道。

15

现在,我尽量在玛格达莱娜的每次演出后都去接她。她每次都选择一条不同的路,我们常常在安静的居民区迷路,不得不绕行,比前几个夜晚耗时更多。那段时间,我是个自由作者,替一家广告公司写作,早上不必早起,迟到了也没关系。每当我们经过一家正在营业的酒馆,我们都会进去,喝上一杯啤酒或者葡萄酒,有时候与其他的夜猫子交谈,那些醉汉和孤独者会给我们讲述他们的故事。有一次,我们甚至混入一支婚礼队伍,在一家郊区酒店门口,几个抽烟的醉客把我们拽了进去,介绍给新郎新娘,固执地挽留,直到我们各吃了一块婚礼蛋糕。人们最终同意我们离开时,一个喝醉的家伙偷偷递给玛格达莱娜一束新娘捧花,但是她还给了他,说道,她没兴趣结婚,他们应该去寻找另一个牺牲品。

玛格达莱娜一直不让我进她的公寓,直到春天,她有一次生病了。那个早晨,她刚开始排练一场新戏,却打电话告诉我,她感冒了,问我想不想去看她。

她披着睡衣，打开门让我进去。她的脸红得很不自然，好像抹了太多腮红，此外她看上去与以往没什么不同。你替我泡一杯茶吧？她带我穿过昏暗的走廊，走入厨房。你对付得了吗？你四处瞧瞧，她边走边说，我上床躺着去了。我打开柜子，觉得我好像做错了事。我找到了所有我需要的东西，烧上水，走进客厅。家具好像是二手货组合，经过巧妙的挑选，搭配合理。所有家具都是五六十年代风格，只有大书架是个廉价的标准化产品，如同每两间房子内摆设的那样。玛格达莱娜的藏书众多令我吃惊。书籍按照作者姓名字母排列，大多是精装本，也许是旧书。我看到了许多经典作家，歌德、戈特弗里德·凯勒和其他作家的文集，但也有年代更近的东西，翻阅过多遍的策兰、巴赫曼、海明威和卡夫卡的平装本。

厨房里传来茶壶的蜂鸣声，我走过去，泡好茶。我端了两杯冒着蒸气的茶杯走入卧室，玛格达莱娜从床上直着坐起来，满怀期待地注视我。我再次留心观察她红彤彤的脸颊，她的声音听起来比之前更沉重，有些气喘吁吁。我不知道为什么，可我有一个印象，她只是装病。这一切都像是在演戏，而我并不清楚它的目的。同时，我摆脱不了一种感觉，玛格达莱娜在考验我。她在观察我的一举一动，有时她纠正我或者做些调整，仿佛收拾床头柜上的书籍或者拉开窗帘都只有一种方式，仿佛茶杯必须放在一个确定的位置或者一个固定的距离。最后她面露满意之色躺倒在枕头上。现在的一切都是你喜欢的样子吗？我问道。

她说，她得学习一个新角色，但是头痛，无法全神贯注，我能不能帮助她？她把手伸到床下，抽出一捆纸，递给我。你读读这个男人的对白，只读他与朱莉①的对白。其他部分我们不需要。导演的指示吗？她摇摇头。开始。

今天晚上朱莉小姐又疯了，完全疯了，我读道。不，不是这行。玛格达莱娜说，这段话是他对克里丝蒂汀说的。她从我手中接过这沓纸，往下翻了几页，指指一个地方。从这里开始。

这些女士有秘密吗？我读道。玛格达莱娜从床上她身旁的纸巾盒中抽出一张纸巾，在我的鼻子前来回摆动。他好奇吗？唉！紫罗兰的味道多美妙啊！我读道。不要脸，玛格达莱娜轻佻地说，他也精通香水吗？他会跳舞……她站起来，走到我椅子后面，把手放在我的肩膀上。他现在来了，与我跳一支苏格

---

① 《朱莉小姐》系瑞典作家奥古斯特·斯特林堡（Johan August Strindberg, 1849—1912）创作的独幕悲剧，1888年首演。主人公朱莉小姐性格怪僻，未婚夫忍无可忍，婚约告吹。仲夏夜，她找了一位名叫让的男仆跳舞，让出身低贱，对朱莉小姐艳美已久，便乘机求爱，说为了得到小姐垂爱，宁愿一死。

兰舞曲，吉恩，我不想忤逆任何人……我继续读道。我是房子的主人，玛格达莱娜说，如果我真想跳舞，那么我想和一位能领舞的人跳。这里不对，我说道，抬头望着她。她的脸看上去仿佛真的在生我的气，紧紧抓住我的肩膀，弄痛了我。

16

莱娜躺在床上,眼睛紧闭,看上去像个小姑娘,正沉溺在她的白日梦中。我碰了碰她的肩膀,她坐起来,问我在想什么。想玛格达莱娜,我说。您呢?

一名身穿蓝色制服的男士沿走廊走过来。看见我们,他好像非常吃惊,用瑞典语嘀咕了几句。我们茫然无助地望着他,他才开始讲英语。商店现在要关门了,诸位没听见广播吗?他陪我们走向电梯口,在我们身旁停住,目送我们走入电梯间。我们在下行过程中,莱娜说,可惜了。上面真舒服。您有没有替剧院写过剧本?为电视编过剧,我回答。莱娜在我前面走向卖场大门,营业员事先站在那里,替我们拉开门,道了一声晚安,祝我们万事如意。他也许真相信莱娜的说辞,我们刚刚结婚。

我们在她家头一次接吻,当我与莱娜再次站在商店前面时,我才说道。她生病了,我在她学习角色期间帮助了她,朱莉·冯·奥古斯特·斯特林堡小姐。莱娜没说什么。

我们沿大街继续走着，速度比刚才更缓慢，我觉得，我们好像穿越了一个梦的世界，其中一切皆有可能，但又没有意义。我永远爱你，最后我轻声说。我还以为莱娜没有听见，但是过了一会儿，她说道，您爱您的玛格达莱娜，不是我，我们压根不认识。我爱的玛格达莱娜与您一模一样，我说道，年轻，漂亮，自由自在。假如有一个男人夸我年轻，漂亮，自由自在，那么我只好一溜烟地跑掉，她说道。我不晓得，她如今怎么样啦，我感叹道，她怎么样了？也许她早已忘记了我。胡说八道，莱娜说，她没有忘记您，你们之间发生了什么她反正无所谓。我昨天想与您交谈，我说道。我在酒店门前等着，可是我一看见您，便无法控制情绪，结果就没有与您交谈。这一次，我受到的震动，比我第一次与影子相遇时更大。我整个下午都跟着您，起码有好几个小时都处在这种幻觉之中，仿佛我又变年轻了，可以改变我的生活。

17

我在舞台上看见酷似玛格达莱娜的莱娜时，感到大吃一惊。当她走出酒店，站在我的几步之外时，我感觉透不过气来，发了一阵呆。她犹豫了片刻，朝马路左右观望，然后好像是碰碰运气，坚定地朝市中心走去。她跑得非常快，我毫不迟疑地紧紧相随。她与玛格达莱娜极为相像，那位十六年前陪我去斯德哥尔摩的女孩，像她那样一蹦一跳，面带相同的表情，惊讶与快乐交融。有时候她突然伸长脖子，扬起脑袋，似乎听见或者期待什么出现，然后她的神情严肃，有一会儿，似乎在费神地聆听只有她能听见的声音。

我们同居了三年，有一天我离开自己的公寓，搬到她那儿去住。这期间她在一个业余流动剧团排戏，我很少替广告公司写作，反而开始为报纸和杂志撰稿。从事文学创作的愿望，我并没有完全放弃，但我也没有更努力地实现。那些有关玛格达莱娜和我的生活的文字没有带来任何结果。有一次，我跟她提到了这些，但是我坚称，我们在生活中碰到的事情太少，以至于我们无法从文学中得到收获。我为什么得记录这一切呢，我说道，我们在经历这一切。现实中，我担心玛格达莱娜再度让我感到陌生，虚构的形象也许会最终驱逐真实的形象。玛格达莱娜似乎觉得，我放弃写作项目是完全正确的。她鼓励我写剧本，写她能扮演的角色，然而，我没有做到。如果你不再演戏，我觉得最好，我说道。我确实不喜欢看到她在舞台上，也许是因为我不想看到她成为另一个人，我们的爱情并不是藏匿在她内心的唯一可能。

尽管她与我同居，有时我还是感觉她在演戏，不是有意识，而是因为她不会做其他事。也许正因为如此让我无法离开她，这种从未贴近她、从未看透她、从未拥有她的感觉。我猜测她对我产生过哪些感受。她爱情的唯一可靠的证据是与我同居。我们共同参加聚会或者首演庆典时，她被一群男人众星拱月，这些家伙长相比我帅得多，更诙谐，更聪明，尤其是更成功，他们也许比我能给她的多很多。她与这个或者那个帅哥调情，但是到了点她始终会说，她现在想回家了。我对她的爱情充满着痛苦与渴望。即使我们已经同居，有时她比预告的更晚回家又突然站在房里、仿佛从未来过这儿似的，这些时刻依然让我感到心怦怦跳。

有一天，玛格达莱娜给我看了一则报纸上的广告。电视台正在寻找新电视连续剧的编剧。也许适合我们,她说道。你写脚本,我演主角。我们将会像玛丽莲·梦露和阿瑟·米勒那样富有和知名。但是他们的结局不好,我说道。即便这样我还是应聘了。我设计了几个创意,写了几段场景,寄给编辑室。我受邀参加了一次面谈,被告知我的创意难以实施,但是他们在我的文字中发现了潜力。我再次开始工作,建议电视台创作一部电视剧,故事发生在山上的气象研究所。几个月来,我定期与电视台人员交流,他们督促我拿出更加符合大众口味的文本,寄给我几部他们认为不错的剧本,渐渐删减了对白中我觉得原创和诙谐的内容。毕竟,这份工作能让我获得不错的收入,后来甚至获邀,与编辑和导演前往斯德哥尔摩,参加一位美国电视剧编剧主持的剧本写作工坊。

我期待参观斯德哥尔摩,却整天与来自半个欧洲的编剧坐在一家不知名的酒店的会议室里,聆听这个美国佬讲述故事线与情节点,试着和我们一起表演,培养我们的激情。此外,没有任何东西能阻止你们,他说道,把那些写着小提示、小技巧的材料发给我们,似乎众人只要遵循他的建议,就能当个成功的编剧。我琢磨着,倘若他那么熟悉写作的成功秘诀,为什么跑来瑞典的一家中级酒店主持工坊呢。一切都令我沮丧,高谈阔论的美国佬,共同创作的热情编剧,两名电视人与我一道待在这里，他们对待我如同初学者，我就是初学者。玛格达莱娜整日在城里消磨时光，告诉我傍晚时分如何会面，她干点什么。晚上所有与会者和工坊主持人共进晚餐，第一天玛格达莱娜也参加了，好像比我还觉得无聊。我们子夜时分回到了房间，一个作家就让她受够了，次日她执意单独用餐，随后上剧院或者看电影。

我一边跟随莱娜，一边琢磨着十六年前有没有人跟踪过我的玛格达莱娜，我是否不仅有一个影子，而且我自己就是一个影子，是一条由相似的生活串起的锁链上的一环，而这条锁链贯穿了整个故事。我竭力回忆玛格达莱娜向我讲述的她每天生活的细节，她有没有和一个向她讲述疯狂故事的男人去过森林公墓。但是她愿意完全承认这个吗？她会相信他吗？莱娜会相信我吗？

她走进几家商店，看了裙子、鞋和家居配饰。她买了一只漆成红色的木马，两只玻璃风灯和一件印有"我爱瑞典女孩"字样的T恤。中午，她在一家小咖啡馆用餐。由于担心她从我眼皮底下消失，我等候在咖啡馆外面，透过巨大的窗户观察她面带微笑与女服务员交谈，女侍应生用手比画，仿佛给莱娜指路。吃完饭后，莱娜更专一地选择了她的方向，引导我去国家博物馆，一幢邻水的古典建筑。

博物馆内几乎没有参观者，我跟随她经过安静的房间。画作密密麻麻地悬挂，常常一幅画挂在另一幅上方。有几间展厅内放置着几尊雕像和挂有画作的屏风。莱娜似乎对艺术并不感兴趣。她穿过大厅，未做停留，似乎在巡视健身跑道或者寻找某些东西或者人。她只在几幅静物画旁驻足。她走远之后，我走近观看这些画作，出自十七世纪一位荷兰画家之手，展现了成功狩猎后有序摆放的猎物：死狐狸，鸟和兔子。在一幅画上还可以看到两条狗，另一幅画上有一只猫，猫爪伸向死去的鸟儿。

莱娜继续前行，我快速赶上了她。她随后又参观了两个展厅，坐在一张长凳上，独自出神观看。她好像没有发现我步入大厅。我悄悄溜到一个角落，假装观看一幅画，波纳尔的裸女，同时一再偷瞄她。最后她站起来，果断地转过身，快步穿过展厅，出门，离开博物馆，返回酒店。我精疲力竭，并非由于快步穿城而过，而是因为我的感觉。我在大堂里写了一张便条，让门童送入莱娜房间。请您明天十四点去森林公墓，我想给您讲一个故事。

18

好奇怪，莱娜说，我昨天在博物馆没看见你，之后我也没发现有人跟踪我。其实，我有充分的理由对您发火，她说道，可我无法对您生气，我也不知道原因。有时候，我确实以为我们好像认识了很久。什么让您对这些狩猎图感兴趣呢？我问。我也不知道，她说。也许是它们散发的静谧气息？狩猎后的寂静。死亡后的寂静？我问。她好像陷入沉思。过了一会儿，她说，怎么可能是这样呢？如果他像您，我像您的玛格达莱娜，我们过着像你们十五年或者二十年前相同生活，那么我们父母也是相同的，我们的朋友，我们生活的房子，我和您的玛格达莱娜登台的演出，克里斯和您写的文字。然后全世界肯定扩大了一倍。不是这样，不，我说道，不是这样。存在着区别和偏差。它是失误，是让我们的生活成为可能的不对称。我曾经与一位物理学家交谈过，他向我解释，整个宇宙始于一次微小的失误，一个物质和反物质之间的微小不平衡，一定是宇宙大爆炸时代形成的。假如不存在这个失误，物质和反物质就会再度抵消，什么都不存在了。每一个微小的偏差最终不都是在成倍地累积吗？莱娜问道，他和我在当时做出的决定不同于您和您的玛格达莱娜做出的决定，于是一次又一次地导向不同的结果。值得思考，我说，而您始终能返回正途。似乎您的所作所为对发生的事并没有影响。好比一部剧由不同的导演执导。画面各异，甚至文本也能修改和删减，但是情节采用了其必然的进程。

莱娜站住，掏出她的手机，我得联系一下克里斯，她说完，按键发送了信息。我告诉他，我在剧院。昨天晚上与编剧在一起真是无聊透顶。他不会相信您，我说道，他会嫉妒。当时也如此吗？她问完，再次收好手机。那时我们没有手机，我说道。我返回旅馆时，玛格达莱娜不在那儿。我们早上吵了一架，她要是对我生气，常常会离开。再次露面时，她好像显得若无其事。

确实，莱娜说，我扮演了朱莉小姐，他帮我学习过角色，那时我们第一次接吻。我朝她转过身。她故意不看我，尽管路灯光微弱，我仍然看见她脸颊绯红。我恰好想到，如果您的故事属实，您肯定想了解我的一切。我是指……不仅我们在假期驾车去了什么地方，我们谈论了哪些问题，我们有过哪些经历，而且还有非常个人，私密的事情。您挤牙膏的方式不对吗？还有更私密的，莱娜说。

我沉默了，我不想让她尴尬，我不由得想起我们那天下午第一次做爱的情形。玛格达莱娜变得极其脆弱。她嘴唇干燥，也许因为发烧，她几乎没有回应我的吻，但也没有抗拒我的吻。我脱掉她的长睡衣，她显得无动于衷，犹如天经地义，任其发生。过了一会儿，她说道，上床去，这样会更好。

后来我们有时候整夜里都难舍难分，似乎与性无关，似乎我们感到一种无法遏制的饥饿，紧密相拥，融为一体的需求。我们精疲力竭地并排躺在床上，玛格达莱娜用手支着脑袋，好奇地观察我。我把她拽到身边，吻她，我们又重新开始做爱，直到我俩当中的一个不知何时睡着了。

19

您在生活中始终感觉有人在跟踪您的足迹吗？莱娜打断了我的思绪。最初是变得疯狂，我说道，我对他很生气，也许是嫉妒。但是，他开始引起我的同情。因为他别无选择，因为他整个生命都是预定的，并由我做出了榜样。我感觉要对他负责。如果一个人做的每一件事都会发生两次，如果他要做的决定不仅与自己有关，而且涉及另一位受摆布的人，那么这个人最好先想清楚自己要做什么。

一种奇特的设想。莱娜说，某个地方也许有像我这样的人。此人不仅相貌与我相同，过着与我相同的生活，也像我这样思考和感受。我相信，我觉得这么设想不错。如同有人拥有一个非常、非常要好的女友，她知道这个人的一切，这个人也知道她的一切，不用说都知道。不，我说道，其实更像是一个人不再完整，仿佛渐渐融解了。真可怕。也许每个人在某地都有一个影子，莱娜说。不过您有点倒霉，遇到了这个影子。我不知道为什么，我说道，但是我有时感觉，他只因我的缘故才存在。假如我没有遇到他，他就不存在了，如同他是我回忆中的一个孩子，一种成为现实的回忆。

您有没有受到过插手我们生活的诱惑，莱娜问道，为了纠正您犯下的过错，改变我们的人生？或者纯粹是出于好奇，只想看看会发生什么。我害怕这样，我说道。谁知道会发生什么呢？

20

第二次相遇后,我过了一会儿才恢复常态。我努力不去琢磨我年轻的影子,却又上了瘾,想要观察他,审视他是不是真的过着我的生活。也许,这也能让我忆起过去,充当旁观者,再次经历一遍。找到年轻的我并不困难,我可以在我的旧日历中查找,也可以去我十六年前待过的地方,他现在身处的地方。世界已经变了,大学里的课程表也完全不同了,还有列车时刻表。他穿着不一样的衣服,没有固定电话,而是用着手机,但这一切似乎并没有影响他的生活。

我的书几乎遭到了遗忘,只获得了几个邀请,出版商也不再关心下一本书的进展,因为我太过频繁地敷衍他。由于我没有新的伴侣,因此自由时间非常充裕。我几乎马不停蹄地跟踪另一个人,旁听他上的大课,在他居住的房子前观察他,踩着他的足迹在城里游荡。我在他购物的商店买东西,在他与他朋友们见面的酒馆就座。有时候我们目光交会,然而他似乎没有注意过我,我好像是隐形的,或对他无足轻重。

观察年轻时的我真蹊跷。我发现我忘记了多少事情,我回忆起有些事与实际不符。我时常震惊于我曾多么天真，我多次想试图鼓励他或者悄悄给他提一个建议。而我从未行动，也许是因为害怕，在直面他时可能会发生无法预料的事情。

我荒废了自己的工作，不约见朋友，不再出门。不知何时，精疲力竭，几乎神经崩溃，我决定搬到另一座城市，另一个国家去。我想尽量远离他，为了不再见到他，最终能够返回自身，过上自己的生活。几次查询之后，我在巴塞罗那一所德语学校找了份工作，一座我从未涉足的城市，我的影子不可能来此骚扰我。我打扫了我的公寓，出售和送掉了大部分家当，剩余的物品寄放在朋友处，然后便离开了。

我肚子饿了，莱娜说，此外我觉得冷。我们去吃点东西吧。我们花了点工夫才找到一家饭馆，里面只提供简餐。昏暗的小酒馆里坐了几位孤身的男人，正在喝啤酒。莱娜挑选了正中间的一张桌子，其他客人四下打量她，她好像并未受干扰。我们点了些小吃，默默地咀嚼。我饮啤酒，莱娜喝水。我需要清醒的大脑，莱娜说。倘若您不再想见他，为什么要来这里呢？按顺序讲，我说道。

来到巴萨罗那，我马上感觉好多了。我带的行李很少，一只大行李箱就能装下。最初，我住在价格优惠的民宿，爱上给孩子上课的工作，与男女同事交朋友，很快在老城找到了一套小型公寓。我深居简出，感觉我好像得在自己面前躲藏和逃避。但是我逐渐在曲里拐弯的胡同里更自在地游走。我偏爱探访众人聚集之处，喜欢混迹于人群中的感觉。有时候我大半夜都在四处溜达，在咖啡馆泡上个把小时。我的公寓附近有一家小旅馆，有不少瑞士人在此过夜，当他们认为没人能听懂他们的方言时，我却饶有兴致地观察他们，倾听他们聊天。

我开始与一位阿根廷女子交往，她住在我楼上。她非法来到西班牙，靠干临时工艰难度日。我似乎相信，我的生活更难以模仿，时光更悄然无声，漫无目的地流逝。通过女友我认识了别的阿根廷人，一个松散的小团体，在棘手的状况下生活，但是若有人在管理机构或者房东、雇主那儿遇到麻烦，就会得到帮助。终于有一天，也许是我在这座城市待的第七或第八个年头，阿尔玛返回了故乡。她父亲生病了，她想与他共同生活。我们讨论过这个话题，打算去她家乡创业，经营饭店、书店或一间瑞士学校，但是我俩并没有非常认真对待此事，包括到阿根廷看望她的计划我也没有执行。

阿尔玛返回阿根廷后，我比想象的更思念她。即便如此，我们也很少通信。我常常考虑返回瑞士。自从我居住在巴塞罗那，这座城市日趋成为旅游中心，尤其是我居住的老城，冒出越来越多的背包客，到这里来只为了聚会。

然后，有一个春季的星期六早晨，我看到了他。克里斯，莱娜说道。对的，我说。每周六我都去波盖利亚市场购物，在那里他突然朝我迎面走来。我马上认出了他，毫无疑问。我们的目光短暂交会，但是他丝毫没有表露认出我的迹象，从我身边走过也没有眨眨眼睫毛。我不由得大吃一惊，站住，转过身，紧随其后。他在一排排摊位旁边游逛，没有购买任何东西。我跟随他从市场出来，穿过老城。他似乎没有目的，有时坐在一家咖啡馆喝饮料，然后在一个小笔记本里记录，继续前行。

我跟踪了他整整一天。遇见他是一次打击，同时我也感到如释重负。他来到这里，意味着他过上了独立的生活，他做了我没做过的事。走过了我从来没有去过的地方。我开始怀疑我影子的全部故事，也许所有东西都是我编造的，我们第一次相遇时我毕竟喝醉了，一切已非常久远，在记忆里，它们似乎像苏醒后的噩梦那般，并不真实。

21

  我付了账。一个老头子走进饭店,店主再次消失在吧台后。他穿着一件薄薄的大衣,脸因为寒冷冻得通红。他在酒馆里四下张望,一看到我们,朝我们迈了一步,站住,似乎有点害怕靠得更近。他讲了几句德语,声音非常轻,我几乎听不清楚。太晚了,他说,总是太晚了。他无声地一笑,目光像精神病人。他久久凝视我之后,似乎有些东西突然发生变化,他目光变得呆滞,然后快步离开了酒馆。

  您也想离开吗?莱娜问道,她刚才在埋头看手机,好像没注意到发生了什么意外。我点点头,我们再次出发。克里斯肯定在子夜时分才吃饭,她说道,我没有兴趣闲坐在酒店里等他。她微笑着把手机揣进口袋。他回复了吗?我问道。我还没去过巴塞罗那,莱娜说。城市漂亮吗?比这里要热一些,我说。老城直接建造在海边,甚至还有沙滩。斯德哥尔摩也位于海边,莱娜说。或者只是湖?

  我们在酒馆盘桓之际,外面开始下雪。颗粒状的小雪花,在马路和人行道上铺了薄薄一层,深色的汽车轮胎痕迹和行人足印在上面延伸。

这里又恢复了喧闹。在高大的出租房中间的空地上是一块探照灯照亮的冰面，几个人在上面滑冰。您瞧，莱娜说罢，指指一位深肤色的青年，他独自滑出轨迹，脚尖旋转，甚至敢于做几次跳跃。他似乎只为自己舞蹈，转身，在其他几位滑冰者中间滑过，好像他们不存在似的。莱娜踏上冰面。您过来，抓住我胳膊，我们一块儿迈着谨慎的小步沿着冰场边缘前行。小公园的另一头有位老人在烘烤板栗。我们买了一小份，享用着热乎乎的果实，继续走下去。

22

我不知道我为何决定全部说出我影子的故事。也许，是因为这故事如同一则轶事，突然出现在脑海里，一个城市传奇，一个朋友的朋友的经历，向另一个人讲述，任何人都不会信以为真。当克里斯在一盏交通信号灯前站住时，我走到他身边，问候了一下，打听他有没有时间。有人用家乡话与他攀谈，他好像吃了一惊。但是，他随后说，当然啦，他没什么具体的安排。我吃惊不是因为他与过去的我相似，而是因为我马上发现了差异。与他说话方式相比，他的外貌更不值得一提，行动起来显得有些做作。他的客气似乎只是表演，在他微笑的面具下我看到了某种克制与拘束，如同我熟悉的那些人，隐藏其真正的动机，但又不顾一切地跟踪他们的目标。我难以相信十六年前我的面目竟然如此。我马上觉得他不讨人喜欢，但是再更改我的计划已经迟了。

克里斯在去巴塞罗那的途中，一个坐落在海边的老城区，过去主要是渔民和工人居住，这些年，兰布拉周围的老城区几乎成了旅游景点。他说，他要去海边。我带您过去，我说，我对这儿很熟悉。我带他走过一条位于矩形网格城区的狭长街道。尽管我热爱大海,我也不常来这儿。我喜爱海滩,乘火车前往城北的一个小地方,去马塔罗和卡尔德塔斯,那里的沙滩较少受追捧,在那儿游泳的主要是本地人。

房屋破败不堪,一楼大多数窗户都装了栅栏,街道也处在阴影下,只有房子的顶层还能照到阳光,有几个阳台上晾着衣物。街道上弥漫着厨房气味,从海上吹来咸咸的海风,如同朝我们伸出的手,抚过我们的身体。在乱蓬蓬的棕榈树点缀的林荫大道上有多条台阶通向沙滩,地平线上一艘邮轮浮现。

我们一边走,我一边给克里斯讲我的故事,我所有的故事。某个时间我们坐在沙滩上,喝起我们在一家小超市买的啤酒,我继续讲述着。太阳靠近我们后背,把我们的影子拉得越来越长。救生员的高脚凳已经空空荡荡,但是海里仍有人在劈波逐浪,其他人则在打沙滩排球或者来回散步。过了一会儿,我才注意到,飞禽在沙子里寻找食物,不是海鸥,而是鸽子。

我讲完故事后,克里斯考虑了片刻,开始向我提问,打听我的童年和青少年,精确的问题,除我们之外没人知道。我回答正确,他仅仅点点头,再提下一个问题。如果我的回答不令他满意。他摇摇头,说道,您瞧!有偏差,我说,当然有偏差。不可能,他说道。故事太疯狂了,为了一场梦我们的谈话持续了很久。这本我在几年内将要写完的书该叫什么，您早已出版了吗？我告诉他书名。他掏出智能手机，在上面打了几个字，恶毒地笑道，这本书不存在。后来绝版了，我说，多年之后没有什么大惊小怪的。他在上面继续打了几个字。旧书店也没有在卖，他终于说，在中心图书馆的目录上同样也查不到。我知道图书馆买了这本书，我说，图书馆购买瑞士出版的所有图书。我和玛格达莱娜去过图书馆。我们找到了这本书，然后她认为我应该在上面签名。一位女管理员撞见了我，发生了尖锐的冲突，她说，这是毁坏公共财产。也许这本书因此被剔除了。此番场景出自一部电影，克里斯说。

23

　　这是故事最痛苦的部分,我说道。他无疑正确,我肯定在什么时候看过这个场景,然后嵌入了我的生活,转换为一种回忆。要么玛格达莱娜熟悉这个故事,我们在图书馆模仿过。对,莱娜说道,我知道这部电影,《蒂凡尼的早餐》。也许我们一块儿看过。我问道。没有,她说,摇了摇头,我好多年前就看过,那时候我还是小孩。克里斯特意又查询了一遍我的图书,给我看了看手机上的查询结果:没有结果。他放松一笑。对他而言全都是原始故事,在家里讲述,对此他和他的朋友们都觉得好笑。但是对我来说,一个世界,我回忆的世界,我的全部生活崩塌了。他在谷歌里搜索玛格达莱娜的名字和女演员,只在一所舞蹈学校首页上找到一个记录。她叫莱娜,克里斯说,不叫玛格达莱娜。也许我的玛格达莱娜结婚了,我说道,更改了她的姓名。也许她不再演戏了。不是每个人都能在互联网上查到。也许您的玛格达莱娜压根就不存在,克里斯说。

　　这是什么时候?莱娜问道。四年前,我回答道。她简单估算了一下。就是我认识他之前。同一年我获得了毕业证书,得到我第一个角色。

克里斯一定注意到了我的冲动，反正他没有继续打听我们共同的过往，而是关注我认识他之前的岁月。尽管他强调不相信我，但他很想了解玛格达莱娜的一切，了解我们的一切，我们幸福的时光。也许他只想借助向我打听无需与他分享的故事安慰我。我心甘情愿地讲述，我觉得不错，对我来说起码拥有我生活的这个部分，借助我提升自己的回忆，我对此深信不疑。玛格达莱娜为何和怎样离开我，我也告诉了克里斯，还有我在接下来的几个月内写作此书的过程，其中也掺入了分离的全部痛苦。甚至整部书的情节他也请我讲述了一遍，一本他刚刚强调的从不存在的图书。

他耐心地倾听，有时让一捧沙子从指缝滑下，不时点点头，提一个精确的小问题。此刻天空变成了深色，沙滩上仍有很多事情发生。音乐从四面八方传来，讲话声和欢笑声此起彼伏。我讲完了我的故事，克里斯站起来，拍了拍裤子上的沙子。他伸出手，想帮我一把，但是我并没有去抓它。我不想继续陪他了，所有要讲的我都讲过了。我得慢慢返回酒店，他说道，我几乎一天没吃东西，我累了。

我也站起来，有点眩晕。倘若克里斯没有抓住我的肩膀，我差一点就会跌倒。您还好吗？我能替您叫一辆出租车吗？我突然难以名状地感到极其愤怒,差点朝他脸上揍上一拳。他幻想借用简单的互联网搜索抹掉我所有的生活,好像只有网络记录的东西才算存在。我甩开他的手,一言不发地走开了,沿着台阶踏上林荫大道,再次朝他转过身。他还站在那里,垂着脑袋,好像若有所思。

莱娜没有说话,好像也在思考。我沉默不语,反正不想鼓起勇气向她讲述那次会面后我脑子里想些什么。次日,我给学校打电话,谎称生病了。我梦游般地跑过这座城市,试图回想起自己的生活。由此发现我的回忆发生了变化。我想起了我生活中的场景,我换成克里斯的皮肤,置身于他的世界,穿上他的衣服,用他的语言说话。我甚至感到含糊的决心,我在他脸上看到这些。我现在也觉得,我仿佛能在昏暗中回忆起我们在巴塞罗那的相遇,不是我的视角,而是他的。一个年长的男子给我讲述他的故事,如果从世界的混乱中结晶成模型,形成故事,我才会将信将疑地倾听,然后总是伴随着能感觉到的兴奋。难道一切不是从这次谈话开始的吗?

我对克里斯的怒火愈来愈猛烈,我觉得他好像借模仿我的生活偷走了它,好像擦掉了我的生活,好像这样也擦掉了我这个人。我突然确信,只有他的死亡能够救赎我,能够让我收回我的权利。

我接下来几天没有返回学校，到处寻找克里斯。在老城的酒店打听他，但是没有任何希望，肯定有数百个住处。我去了最著名的景点，游客喜爱的百货公司，在兰布拉大街跑来跑去。由此我制定计划，如何在干掉克里斯的同时又不被逮住。要是嫌疑落在我身上，我也不必害怕，除了我和他以外没人知道我们之间秘密的联系。我最担心的是他可能逃掉了，再次离开这座城市。奇怪的是，我全程都毫无道德顾虑想实施行动，我觉得他好像属于我，好像结束他的生活是我的权利，但这是我的生活。假如我真的再次遇到他，谁知道我会干什么。

24

莱娜和我来到一个狭长的湖前，湖岸被一道铁丝网隔开，防波堤后面停靠着一长排小帆船。船儿在风中摇晃，钢缆撞击桅杆发出当啷当啷的响声。我们沿铁丝网外的一条灯笼微光掩映的游步道前行，两人一时间沉默无语。

我想起巴塞罗那那些最混乱的日子。如果没有这本符合我故事和回忆的书呢？我经历了什么样的生活？我从何处来？这些想法在我脑海中无尽缠绕，我几乎接近疯狂。最后，我连学校都没有回，辞去工作，背起行囊离去。

在巴塞罗那待了八年之后，我返回了一个陌生的国度。我甚至没有试图重回我逃走之前的生活。我想要重新开始，不见任何熟人，避开我曾经生活过的地方。甚至寄存在朋友那儿的物品我都没有取回来。

我在互联网上找到一套转租的小型公寓，虽不算宽敞，但起初是足够住了。我的房东是一位奥地利籍的物理学女大学生，半年时间在国外交换。自从我搬入公寓后，私下从未见过她，她外出旅行了。我们通过电子邮件联系，她把钥匙搁在一位邻居那儿。

这套公寓位于一幢六十年代建造的租赁房顶楼，房间有着朴实的装修，家具采用了浅色木材。在房角的一只床垫上摆着几只毛绒动物，窗户旁摆了一张大写字台，上面是一台电脑。在书架上我发现了若干专业书籍和计算机手册。厨房内的留言板上订着日历、谚语、《圣经》格言和抓拍的照片。大多数照片都是假期拍摄，草地上欢笑的女生，她们互相搂着肩膀，身穿牛仔裤、训练服，有一张照片是她们穿着泳装。有几副面孔一再出现，没有一个值得仔细玩味。我琢磨着女孩之中的哪一位才是我的房东，或者她有没有拍摄过照片。她写了纸条，把所有物品都放在公寓里，我应该会产生一种宾至如归的感觉。尽管布置了玩具和照片，房间依然毫无生机，似乎好几个月都无人涉足。也许我在里面之所以感觉幸福，是因为我的生活也是一个空荡荡的房间，只有墙上的影子泄露了曾经有人在此居住。

适逢夏初，我有点心不在焉地申请了几家文理中学的职位。毫不奇怪，任何地方别的竞争者都比我有优势。在劳动局有人建议我去看看临时工，经过几次寻找之后，我在恩加丁一所寄宿学校找到了一份临时工作，秋季开始上班，这里离我最初认识玛格达莱娜的地方不远。

我对那年夏天的回忆在回国后日渐模糊。我没有干太多事，天气晴朗时大多待在小公寓，仅仅极为缓慢地重拾我自己。我越长久思考这个故事，越确信我没有弄错，搞错的是克里斯，或许他恶意隐瞒了我与玛格达莱娜的踪迹。我不需要我经历与回忆的生活证明。然而我没有做后续调查，可能是我私下里担心克里斯也许正确，我全部的生活，我的存在只是一种虚构，一个谎言。我更喜欢回忆，我和玛格达莱娜如何相识，我们在山间漫游，开心交谈，我在演出结束后去接她，我们首次亲吻，做爱。在脑海里，我第二次体验了我们关系的开始，玛格达莱娜离开之后，我对她的思念变得像头一次那么强烈。有一天晚上，我并不是特别坚定地坐下来，写下我十六年前写的这本书的第一个句子，克里斯却断言，此书并不存在。克里斯可能会遇到他的莱娜，可能爱上她也被她爱上，但是，他绝不能从我身边拿走我的书，还有我的玛格达莱娜。

25

这条路距离湖岸有些远,穿过一片稀疏的森林。我们走了几百米后,来到水边。除我们以外没有人迹,只能模糊听见城市的噪声。莱娜最先开口。您知道,她以非常轻柔的语调说,我们三年前曾经驾车游历过法国吗?十九年前,我说道,对,我想起来了。我们从朋友那儿借了一辆车,没有明确目标便轻率出发了。这是我们最美好的假期,莱娜说,我之前从来没有而且以后也不会再有如此自由的感受。我们当时连一张交通地图都没拿,我们没有目标,但也没有迷路。我们横穿过整个法国,避开著名的城市,驶入几十年来外貌似乎没有变化的静谧村庄。我们请当地人给我们推荐饭馆与酒店,在一个地方待上一两天,然后继续赶路。这个国家非常辽阔,简直难以置信,莱娜说。我们在那儿才真正熟识。

她讲到这个,我感到吃惊。我当时非常爱玛格达莱娜,但正是那个假期我才意识到她让我感觉多么陌生。有时候我仔细打量她,觉得好像从前没见过她。我看到一张没有收拾的床,我说,玛格达莱娜穿着内衣站在镜子前审视自己。传来一阵敲门声，你开一下门？她请求我。我光着身子，透过房门朝饭店服务员喊，早餐搁在门外吧。服务员一离去，我便端起托盘走入房间，放在床上。牛角面包和小塑料盒包装的总统牌奶酪，杏子果酱和牛奶咖啡，口感有点焦煳和苦涩。玛格达莱娜盘腿坐在我对面的床上。她冲我微笑。我越过托盘靠近她，亲吻她。

您瞧瞧，莱娜说道，没有人能够从您那儿拿走这些。她停住，向我转过身。我们站得非常近，彼此凝视对方，在微弱的灯光下她眼睛幽暗，让人捉摸不透，然后她只是匆匆吻了一下我的嘴唇，感觉犹如对亲吻的回忆。在我开口说话前，她转身走开了。

26

我考虑过在脑子里保留我小说的一个个场景，一个个词汇。然而，当我重新写作此书时，回忆开始消散，我发觉许多内容都想不起来。如同一场梦，一切都非常清晰，但若要更仔细地观看，企图全神贯注时，又马上消失了。我对此书的回忆并非由词语和句子构成，而是感觉，比当时任何的想法更精准，同时也更难把握。

我那时写的那本书确实没有讲述玛格达莱娜和我的故事。她曾经要求我写她，在那之后，我立刻意识到我无法成功，我不能更清晰地观察与描述她。虚构的玛格达莱娜如同面具之于面孔，掩盖了真实的她。这就是这本书的内容，关于我们如何在心中构建他人的形象，以及这些形象反过来对我们的影响。

我想起那次斯德哥尔摩的工作坊，美国写作博士向我们解释如何建构一个场景，如何讲一段故事，如何撰写一个经得起市场考验的剧本。因此，我觉得这样将无法创作任何活生生的文字，与我相关的文字，与那些缠绕着我的问题相关的文字。我看见了我的前程：作为技术上毫无瑕疵、精准写作的电视编剧。电视台需要这类剧本，编剧有固定的工作时间，没有金钱的压力。而我想替玛格达莱娜创作一个她期待的角色，没有伟大的对白，只是娱乐的边角料，但是市场比文学要广阔得多。生活美丽，人物友善，每场冲突到了连续剧大结局或者起码每季的结尾都烟消云散了。正如我们的生活。我们过着美好的、没有痛苦的生活，住在装修考究的公寓内，充当首演和艺术展开幕式乐为人见的嘉宾。人们在大街上认出了我们，成功的女演员与她擅长写作的丈夫，一对夫妻，简直是天作之合。

我们坐在市中心一家时髦餐厅的长条桌旁，大家都在说笑。我身旁坐着导演，劝导我，谈论我作品中的人物，谈及他能想象的角色适合谁扮演。我真想建议他，把这个角色交给玛格达莱娜，但我不忍心那么做，够了，我写了这些废话，她不该扮演这角色。

过了很久食物才端上。即便价格昂贵，我们还是喝掉不少葡萄酒。这个我们拿去报销，导演说道，笑了。他还点了驼鹿肉排，终于端上桌之后，他咬了一口，马上推开盘子，把侍者喊到跟前。这块肉排我点的是五分熟，他怒气冲冲地说道，做成这样也能叫作五分熟吗？他拿叉子叉起这块肉，伸到侍者鼻子下。您知不知道，什么叫五分熟？生嫩带血，红色的！他把这块肉再次丢到盘子上，要求侍者拿回厨房。面对这么高的定价，顾客应当期待厨师能够烹制一块可口的鹿肉。这场面似乎让侍者难堪，他低声表示抱歉，端走了盘子。导演继续与我交谈，好像什么事都没有发生。但是他说的话我啥都没听进去。我起身离去。

我费点儿周折才找到这家酒店。我们之前一道去的餐馆，我没有留意，记不得路了。但我不想叫出租车，我急需新鲜空气及思考的时间。我终于回到酒店，走入自己的房间，玛格达莱娜却不见踪影。

我事后从未自问过斯德哥尔摩那天夜晚的决定正确与否。这是那些难以设想的决定之一，也许有另一种替代方案，另一条出路。唯一的可能就是走开，继续前行，不停歇，不知道方向。

27

暑假结束，我开始在恩加丁工作。在寄宿学校，我感觉有些像疗养院，一个远离尘世的封闭世界。我在新大楼内分到一间不算宽敞、经过装修的顶层阁楼，过去楼房管理员居住在里面，如今供临时教工使用。

学生们好像还算喜欢我，我对他们要求不高，与他们的前任教师相比，我给他们打更高的分数。业余时间我到周边漫游，开始埋头小说的新一稿。我不着急，特意用手写，为了减缓进程，每个词都反复地斟酌。书中的时间几乎不比现实中的更快。在我写作期间，当时的所有感觉几乎都回来了，我对玛格达莱娜的爱情，我们共处时陌生与接近的感受，可能失去她的恐惧，丧失生命的悲痛。有时我陷入白日梦中，在小阁楼坐了好几个小时，眺望窗外的风景，连同我记忆里的图像在眼前变得模糊不清。我能更加理解玛格达莱娜当时的某些行为与说辞，明白我给她造成了多大的麻烦。我以年轻人的同情相信，必须在她与写作之间，在爱情和自由之间做决定。现在我才明白，爱情与自由不是相互排斥的，而是相互制约，一个没有另一个是不可能的。

　　我打算再次写同一本书，然而它在写作期间却不知不觉变成了另一本。我摸索向前，经过一个我面前形成的世界，却发现了另一条不同于当初的路，听到了我的人物说出另一些事，看到他们在从事另一些工作，我第一次感觉到，事情在毫无指望的情形下，忽然又柳暗花明了。

28

九月底,一个阳光普照、寒气袭人的日子。下午学校没有课,午饭后大多数寄宿学校的学生都出去郊游了,乘火车去圣·莫里茨或者不管去哪里。我外出散步,一如既往选择了同一条路,走了很远很远。我找不到变化,如若一天与另一天相同,便心满意足。有时候玛格达莱娜抓住我的手,但是在我身旁她没有久久握着。她弯下腰,拔起一根草茎或者在我面前倒走,我们步入森林,她站在路边的树干上保持平衡,或者指给我看一片树叶,似乎挂在一张看不清楚的蜘蛛网上,在空中晃动。与我们多年前相识比较,她并不显得更老。

你熟悉这个秋日中突然让人感觉像是春天的时刻吗?我们再次走出森林时,我问道。我不知道在哪儿,一种气味,鸟儿的叽叽喳喳,太阳低垂的位置。一种过渡的感觉,特别突兀地出现,马上又再次消失。

森林旁一条长椅上坐着我的一对学生,他们并排而坐,手拉手。他们尴尬地跟我打招呼,不敢正眼瞧我。尽管他们的行为没有任何不得体,遇见我好像还是显得难堪。我站住了,想叮嘱他们几句，警告他们别犯我在他们这年纪犯过的错误，鼓励他们或者简单地祝他们幸福，说上一句：看见他们坐在这儿真好，但是我只朝他们微笑着点点头，问他们下午好。我继续往前走，才发现玛格达莱娜消失了。

29

我们沿一条六车道的公路奔跑，一条木栅栏，后面有一个巨大的建筑工地。一股冷风吹在我们脸上，但是莱娜并没抱怨，她跟在我身旁，好像没有其他事好做。最后我们来到了一个灯火通明的十字路口，旁边是一个加油站，面对大学校园。大学的建筑具有某些失去灵魂的现代感，窗户内温暖的灯光却释放出安全的气息。我们也去暖暖身子？我们走到学生宿舍前，莱娜问道。别在这儿，我说，领她绕开综合大楼。从公路那边飘来一股持续不断的烟雾。校园绿地上的积雪明显比市中心多，但是道路已清扫干净了。

您熟悉这里吗？莱娜问道。当然，我回答。很久以前我曾在这里待过。和我吗？她问。不是，我说道，替她拉开进入图书馆的大门。

入口区域不见人影，问询台后面坐着一位图书管理员，在玩智能手机。我们沿着宽阔的楼梯上楼。自习室摆放着长长的木书架和阅读桌。墙壁上挂着标牌，上书"保持安静"。只有几张阅读桌旁坐着读者，没人看书，所有人都在使用手提电脑，有些人戴着耳机，流露出心不在焉的神情，仿佛他们的意识在另一个房间游弋。我上大学时，去图书馆是为了结识朋友，我说道。大家可在此交换眼神，在自助餐厅或者到门外抽烟时偶遇。

我们经过林立的书架。书籍按照一种难懂的顺序编目。莱娜从书架上抽出一本厚厚的图书，一本翻旧了的英文抒情诗选集，浏览了一下。您写过诗吗？她问道。有人曾经说过，散文作家书写世界，抒情诗人书写自己，我说道。您认同这个观点吗？莱娜问。我耸耸肩。也许相反才正确。

我从她的手中接过这本书，在目录上寻找罗伯特·弗罗斯特的一首诗，我想读给她听。但是当我打开书后，目光却落在了另一首我觉得更合适的诗上。我先读了几行，抬起头，想给莱娜看一看这首诗，但是她走远了。我把书放回书架。

莱娜在我前面行走，我无法看见她的面容，只能听到她犹豫的声音。您考虑过没有，一切只是幻觉？我早就停止提这个问题了。我不相信我疯了，假如我疯了，我从哪儿知道这些？我做我该做的。我愿意相信您，她说道。我压根不想知道，未来会给我带来什么，但是我愿意设想，未来已确定了，我身上发生的一切在其他人身上也发生过，它表明一种关联，一种意义，如同我的生活是一个故事。我相信，这就是我在书里始终喜欢的内容。它们不可改变。人们也不必读它们。拥有它们，握在手中，知道它们始终像原来那样摆在那儿，这就够了。她在其中的一张阅读桌旁坐下，我坐到她斜对面。几点了，她问道。我觉得图书馆马上就要关门了，我说罢，站起来。我当然怀疑过自己。整个故事让我疯狂。但是我该怎么做呢？也许正是这些怀疑导致我让这些事物无法立足。我在巴塞罗那向克里斯讲述了许多玛格达莱娜的故事，也许对他来说很容易找到您。如果他真是我的影子，为了挽留他，我什么都做不了。而如果所有这些仅仅是我的幻想，在我向他说出您的名字时，我已把您交给了他。随后，我要对将要发生的事情负责。

30

我在报纸上读到过一篇有关戏剧《鱼》的评论。女批评家没有热情欢呼，但是莱娜受到赞扬，被誉为大有前途的青年演员。甚至还附了一张照片，是她舞台上的扮相，不够清晰，但不难辨认。照片再次唤醒了我当时的所有感觉，比我想念玛格达莱娜更强烈。我感觉我似乎真正把她攥在手里，小心翼翼地剪下照片，用一块磁铁固定在冰箱门上。

时光流逝，我想起去剧院接玛格达莱娜的情形，我们在深夜漫游，目标明确地交谈，留住时间，不去睡觉。然后白天来临，我们头一次做爱。在起床的时候我不禁想起，莱娜会给克里斯打电话，会告诉他，她生病了，他想不想来看她。这一天我一点用处都没有。我无法全神贯注，学生们也完全不听我的话，直到我暴怒地训斥他们。课后有个学生走到我面前，忧心忡忡地问道，我是不是哪里不舒服。

几周之后，我看到《朱莉小姐》的广告，在这部剧中，玛格达莱娜扮演了她第一个重要的角色，由一位我从未听说过的年轻女导演执导。我犹豫了很久，想避开首演，但最后还是买了一张票，订了过夜的房间，在星期五放学后，乘车前往苏黎世的文特兰观看演出。

我几乎回忆不起十六年前的演出情形。当时我的目光只聚焦在玛格达莱娜身上，知道我非常嫉妒扮演让的男演员。我和玛格达莱娜因此发生了争执，她声称，并非她亲吻了男演员，而是朱莉亲吻了让。我说，这是一个愚蠢的借口。

新排剧的剧情极为混乱，一开始演员还穿着历史服装，后来换成了黑色皮内衣站在舞台上。朱莉和让的关系被描绘成一段施虐与受虐狂的较量，朱莉在过度轰鸣的摇滚乐中伤害自己，任凭让给自己戴上手铐，只为了变成虐恋的女主人，把让变成自己的仆人，侮辱他。有时，我不再留意混乱的情节，即使对白我也没有听。我只盯着莱娜，她高度自信，表演可靠，她跪在让的眼前，他解开他的裤子时，她仍然保持着尊严。我惊异于她的表演天赋和力量，这些我以前在热恋中从来没有真正注意过。她忽然显得与我记忆中的玛格达莱娜完全不同。我意识到，她是完全独立的，既不需要我，也不需要其他人。

我在剧场没有看见克里斯，但是演出结束后我等候在舞台出口附近，这小子突然冒出来，他显得有些神经质，拿一支烟点燃另一支，莱娜一出现，就丢给她，只吸了一半便扔在了人行道上。他们互相亲吻，像老夫妻般毫不在意，说了几句话之后，便走开了。

我保持一定距离跟踪他们上山，经过空无一人的居民区。也许还有剧本的影响，但是我觉得，莱娜牵着克里斯如同牵着一条狗。她总比他快一步，他的姿势具有某些殷勤的、近乎低三下四的味道。

他们走向动物园，登上山岗，沿森林边缘西行。从这里出发可以欣赏到美丽的城市与湖面，但是两人很快沉浸在交谈中，好像压根没有觉察到美景。我想起了一句我在某处读到的名言，与一对情侣相比，没有任何更孤独的东西。我俯瞰这座城市，竭力回想我们当时谈话的内容。我再次转身面对长椅，莱娜和克里斯已消失了。

在不远的地方，森林旁有一家老饭店，前面停着一辆旅游大巴。大门旁站着几位身穿深色西装的男子，正在吸烟。他们好像喝醉了，胡说八道，不停开怀大笑。我透过窗户张望，但是我看见的房间，不是店主的起居室，而是一个大厅，里面在举办婚礼，一派身穿盛装的众人混乱的场面。餐食已经撤去，桌上满是空酒瓶和杯子，皱巴巴的餐巾纸到处都是。墙壁旁的一辆餐车上可以看见一只超大蛋糕的剩余部分。新婚夫妇独坐在窗户对面的一张桌子旁。才看了第二眼，我就认出两人正是莱娜和克里斯。他们看上去完全不同于方才。莱娜把她的头发鬼斧神工般地高高盘起，穿上了一件白色礼服，克里斯则穿着一件黑色燕尾服，他们显得疲惫不堪，六神无主。

在客人中形成了多个小团体，有些人站立，另一些人坐在桌旁。他们脑袋凑在一起，也许为了能在响亮的音乐背景下听清楚彼此。乐声户外都能听见，一种昔日流行歌曲旋律的混合，由一位身穿深红色闪亮夹克、约莫六十来岁的干瘪男子演奏，他的面孔我觉得熟悉。总之，这些脸有许多我都认得，我突然发现，客人就是我当天晚上在舞台和观众中看到的演员，其中有些人在玛格达莱娜时代就在剧团里。我和电子琴旁边的男子乌尔里希在休息时谈起往昔的时光，如今我几乎认不出他来。没人在听音乐，也没有人跳舞，但是似乎没有人妨碍他。他露出魔鬼式的冷笑弹奏电子琴，似乎在为一部默片伴奏，一出闹哄哄的喜剧，莱娜扮演主角。此刻能够听到那些抽烟者发出的哄堂大笑。我转过身，但是从这里看不到他们。笑声消退，我再次转向大厅。灯光熄灭，不见人影。只有脏兮兮的盘子还摆在桌子上。

31

我一点也不喜欢婚礼庆典,莱娜说,全都如此草率,克里斯坚持举办一场传统的婚礼,好像不这么办,誓言就将失效。早上我们去了教堂,我一身雪白,他穿了一套黑色西装。我们甚至花钱雇了一名摄影师,他在下边的湖畔给我们拍照。下午我们泛舟湖上,然后乘上一辆引擎盖上饰有鲜花的邮政大巴参加婚礼庆典。婚礼上提供了土豆泥猪排和一个三层婚礼蛋糕,一对杏仁泥制成的新婚夫妇插在蛋糕最上方。不少剧团的朋友参加了婚礼,有人发表了昏昏欲睡的长篇演讲,简直是幸灾乐祸;有一名戏剧顾问,下午喝多了,讲起了肮脏的笑话,一场完整的市民婚礼的悲哀,一切都在醉醺醺的混乱中结束。克里斯与我吵了一架,我也不知道为什么。当我们终于回到家里,他想要把我抱过门槛,由于手脚太过笨拙,弄得我脑袋在门框上撞了一个包。我生命中最幸福的一天。

不是这样吧,我说道。我与玛格达莱娜没有结婚。我们从来没有考虑过结婚。有偏差,莱娜说话声如此轻,使得我吃不准她的声音是悲伤还是快乐。

我们坐在图书馆门厅一张小桌子旁，喝着自动贩卖机售卖的寡淡咖啡。真是疯了，莱娜说道，克里斯问我是否愿意做他的妻子，我们相好才不过一个月。我没考虑这个问题。听上去太滑稽，我有一个印象，他也确定不了是否应该握住我的手，好像有人驱使他那么做。

我彻底昏了头，寻思着克里斯与莱娜的婚姻让整个故事发生了哪些变化。他在来这里的途中，我最后说。他选择了写作，真正的写作，从吃喝、从他的工作坊、从他充当拿工资的编剧的可靠生活中逃离。此刻他正如我们一样经过城市时迷了路，就像我当时迷路那样。

32

返回酒店，我绞尽脑汁考虑该怎么告诉玛格达莱娜。我该如何向她解释，她做的那场我们在电视行业飞黄腾达的美梦纯属空欢喜；如何解释我更喜欢在超市的货架上理货，而不是创作那些让我无法立足的文字。吃早饭时，我嘲笑了那个美国人，还有总是向观众兜售希望的美国电影，我俩还起了争执。玛格达莱娜居然强烈地袒护她根本没看过的电影，这让我吃惊。而且我怀疑，我们在争执的并不是几部平庸的好莱坞电影。直到现在我也拿不准，自己真的是在逃避电视台的工作，还是在逃避玛格达莱娜和她对幸福生活的想象。

我实在忍受不了等候她，酒店房间让我感觉像监牢，我必须呼吸新鲜空气，我必须活动活动，才能思考。

外面天色已暗。商店还在开门，是清仓甩卖的时间，路上人头攒动，手里拎满购物袋和包裹。我选择了一条较为僻静的大街，过了一会儿来到居民区、遗弃的工商业区，经过大型购物中心、不知名的办公楼、生产与仓储车间。我只穿了件薄薄的大衣，感到又冷又饿。外面没有餐馆，在街角我发现了一家只售卖简餐的小酒馆。

酒馆里阴沉昏暗，只有几张桌旁坐着孤寂的男人，他们在喝啤酒，默不作声，各自发呆。我点了一杯啤酒和一些吃的。用餐时我不禁想起与玛格达莱娜最初共度的情景，我后来觉得那是一生中最快乐的时光。不知何时幸福从我们身旁溜走了，我不知道发生了什么，出了哪些问题。我选择了另一条道路。玛格达莱娜替我们设想的市民阶层的幸福故事不是我的故事，在我的故事中，实话说来，没有她的位置。

吃完饭，身体暖和起来，我又再次出发，继续往前走，来到一个更适合居住的地区。在几幢出租屋中间是一条高高的、探照灯照亮的铁路，一个白色的长方形被明亮的光柱从黑暗世界中切割出来。我观赏了一会儿滑冰者，失重般在冰面上滑行，划出一个圆圈。我还可以返回，玛格达莱娜在午夜前肯定不会等我。我继续走下去。我的冲动渐渐平息，同时我越发确信，自己已无路返回。太晚了，幸亏太晚了。

我不知道往哪儿走，我依旧感觉得到了自由。我穿过湖边，然后进入一片开阔如公园般的区域，周围都是大型建筑。入口处灯火通明，我走到近处，发现是大学图书馆。里面几乎没有人。我走到上面一层，那里有若干阅读书桌，我从书架上抽出第一本书，在其中的一张桌子旁坐下，中间没有隔离屏风。在我斜对面，一位不太显眼、年纪较大的女子坐在一摞书和练习本后面。我翻阅手中的书：《诺顿诗选》，我朗读了其中的几首诗。过了一会儿，这个女子用瑞典语问了我几个问题。我用英语作答，不想让她无法理解。时间，她开始讲英语，用一根手指点点手腕。我忘记戴手表了，我对她说，不管几点，图书馆马上就要关门了，她说道，真倒霉。您知道周边有没有旅馆？我问道。我觉得没有，她说，都是各类大学生宿舍，只有获准在大学注册的人，才能申请，排队的名单很长。你是大学生吗？不是，我说，我今晚需要一个住处。太晚了，她说道，笑起来。我问她是不是大学生，她说，她是博士生：我在卡洛琳医学院工作，在湖的另一侧。我确信那里有一家"最佳西方"酒店，她说道，她叫艾尔莎。广播里传来一则通知。图书馆将马上闭馆，艾尔莎说道，我们得走了。她收拾好物品，我们一道走向大门。在室外我点燃一支烟，她也向我讨了一支。本来我已经戒烟了，她说道，一名医务工作者不该抽烟，但是假如情况特殊。她问，我到斯德哥尔摩干什么。一个复杂的故事，我回答。我们开始漫步，我告诉她，我参加了一个编剧创作工作坊。我没有提到玛格达莱娜。组织方没有替你订旅馆吗？艾尔莎问。订了，我说，但我溜号了。我没有兴趣写作订购的文字。逃学的学生，她评论道，如此而已。现在你不敢回去，因为他们要惩罚你。差不多吧，我回答。我们能喝点什么吗？我们可以去"教授"餐厅，她说，距离此地步行只需五分钟，一点钟关门。

与艾尔莎交谈，让我感觉不错。她笑声不断，开了不少玩笑。她在基律纳长大，她说道，瑞典北方的矿山城。她父母都是矿工。她比我大一岁。我绕了一些弯路，她说，从基律纳到这里的路途遥远。

"教授"是一家特别破败的小酒馆，顾客在里面可以享用比萨饼和土耳其烤肉。它位于一幢巨大的综合建筑内，紧连校园北面，建筑的大部分用作学生公寓和宿舍。这里住着上千大学生。艾尔莎说，我也属于其中一员。

剩下的内容您就不必跟我说了，莱娜说完话，站起来，我能够想象。她快步走向出口。当我赶上她时，她猛然站住，态度生硬，眼睛一闪一闪地盯住我。看上去，她好像马上就要哭出来。他差不多写好了这本书，她说道。这不可能，我说。我没有与玛格达莱娜结婚，这本书是我们分手后才写完的。他也许根本就没有写，因为他没有感受过我当时感受到一切，我们分手、失恋与孤独的痛苦。如果您与第一个遇见的瑞典女人就蹩脚地跳到床上，那么你的痛苦就不会如此巨大，莱娜气愤地说道。我没有和她睡觉，我说。她接受了我，确实如此，可什么都没有发生。

33

在喝了三到四杯啤酒后,艾尔莎真的同意我在她那儿过夜。你看上去如此礼貌得体,她说道,谁叫我有足够的地方呢。

我尝试过次日早晨向玛格达莱娜解释。我回到房间看见她穿着衣服躺在床上。她显得非常疲惫,哭肿了眼睛。她轻声地问我昨夜去哪儿了,我刚开口说话,她就打断了我,说道,昨天晚上子夜之前她就返回了旅馆,她在楼下酒吧旁遇见了导演和编剧。他们告诉她,我从饭店里走出来,他们不知道原因,也不清楚去哪儿了。玛格达莱娜回房间没有找到我,再次下楼,但是酒吧已经打烊了,那里没有人。她整夜都未合眼,等候我,替我担忧。我只是离开了酒店,我说道,对不起,我喝醉了。不是因为这些,玛格达莱娜哭着说。你至少得承认,你不想再和我待在一起。要么你丧失了勇气?我不知道我为什么更鄙视你。我收拾行李时,她默不作声地盯着我。我在门边犹豫了一下,但我不知道我该说什么,我一句解释和告别都没有便走掉了。剩下的两个夜晚,我在一间廉价公寓里订了一间房。在机场,我最后一次看见玛格达莱娜。

34

我没有欺骗玛格达莱娜,我再次强调。区别呢?莱娜说。我在想,假如您和克里斯想在此地约会,一切会是另一种样子,我说道。然后,他也许会沉思,您也会说,一块儿回旅馆,全都是好结局。他不会写这本书,莱娜说道。因为关系到您,对不对?您的声音总是气呼呼的。我想,我们能独立处理我们的事。难道您觉得胡乱插手我们的生活,就能让您的生活井然有序吗?过去的都已过去了,我说道。问题在于您能否给他一个更好的生活,莱娜说,或者如同您摧毁了您的生活那样,还想要摧毁他的生活。我没有摧毁我的生活,我说道,我选择了文学,为此做出了牺牲。然后呢,莱娜问道,值不值得?

广播里播送了一则通知,几个携带背包和口袋的人从我们身旁经过,来到室外,步入夜色之中。我目送着他们,也许我期待看见艾尔莎,但是我不敢确定,那么久以后我仍能认出她来。克里斯不会来的,莱娜说。他没有理由逃跑。他为这本书找到了一家出版社,将在明年春季出版。您把一切都告诉他了。我阅读了初稿,是一个美妙的故事。

我本来打算给莱娜看看我的手稿,我随身携带了书稿,为了转交给她,委托她办理后续事宜。但是我的背包丢了,我肯定忘在了小酒馆。热血冲脑,我感到一阵眩晕。他的故事如何结尾呢?我问道。故事还不错。莱娜说,这个女人怀孕了,失去了孩子,但是孩子的失去让他们复合。最后她决定离开,去另一个地方开始新生活。

我不由得笑了,甚至在我耳朵里也充斥着一阵恶劣和嘲讽的大笑。他怎么可能知道这些呢?我说道。他怎么可能知道结局不错呢?我给他讲的故事结局并不好。莱娜充满同情地微微一笑。那么,他更改了结尾,我相信,这是图书编辑的建议。不能如此轻易地修改一个结尾,我说道。出版商相信这本小说将会获得巨大的成功,莱娜说。是啊,我说道,不错。

一位穿制服的工作人员走过来,说英语,他好像立即看出我们是外国人,我们现在必须离开,图书馆要关门了。刚才莱娜的手机发出了响声,她从口袋里掏出手机,瞥了一眼显示屏,再次揣进口袋。他回信了,饭已吃好,现在去酒店。您不想回复他吗?我问道。她用手势把我的问题抹到了一边。您利用了我和我们,她说道,每个人都有自己的方式。她的声音听上去并没有生气,只是有些疲倦。也许他胜过您,他正确地做完了一切,而一切都是错误的。

35

我们在图书馆的时候,天气忽然变了,比刚才更冷。我们去哪儿呢?我问道。您在家里肯定留有手稿的复印件吧?莱娜说。我摇了摇头。我用手写的。那么您得回一趟小酒馆,把稿子取回来,她说道。手稿肯定还在那儿。谁会偷手稿呢?那么您呢?我问道。她说,她要继续往前走,她不喜欢走回头路。我也是,我说,我们一块儿走下去。

门口的灯熄灭了,我的眼睛需要一点时间才能习惯两旁路灯散发的朦胧光线。您瞧瞧这些星星,莱娜说,指了指天空。您认识这些星座吗?只认识大熊星座,我说,别的我就认不出来了。那是猎户座。她说道。紧邻一旁的是双子座,双子座 α 星和 β 星。您熟悉这个故事吗?一个是永生的,另一个是必死的,尽管它们难以分别。

停顿了一会儿,她说,早晨,她与克里斯吵了一架。昨天晚饭之后我考虑过了,我告诉他,他应该退出工坊。我不喜欢那些人,也不喜欢他们对他的看法。她笑了,我正好跟他讲了您对玛格达莱娜说过的同样的话。我宁可坐在一家超市的收银台边，也不愿意接受这部连续剧的角色。克里斯当面计算出他的项目完成后能挣多少钱。此外他还可以一直撰写别的文章，他是指严肃的作品，不过有可能啥钱都挣不到。我们过得不错，我说过，我们的钱足够生活，我们的所作所为正是我们的愿望，是让我们快乐的东西。昧着良心挣点小钱不值得。他们并不想要我的良心，他说，确实是一大笔钱。他继续计算着，一边把二级和三级版税加在一起，一边推算其他电视频道的副本和播放量。我们不会再为生计发愁了，他说道。所以我离开了他。我在城里行走时，再次拿出了您的纸条。晚上门房事先交给了我这张纸条，我插入口袋。我不知道，假如我与克里斯没有争吵，我能否听从您的邀请。您后悔了吗？我问道。我觉得没有，她回答。

我们在公园这条曲里拐弯的小径迷了路，无关紧要，我们没有目标，也没有想去的方向。我建议找一下"教授"，那家十六年前我和艾尔莎待过的酒馆，但莱娜不肯。最后他出现了，她说道，眼下他是我想遇见的最后一个人。她说，过去几个月她与克里斯在一起常常感到孤独，其实自打她结婚以来，她就感觉好像与一个陌生人同居。也许比起不幸福的结局，我对待幸福的结局经验更少。

她问，我的故事到底怎么结束。在我当时写的书中，女主人公跑掉了，没有回来。她失踪后，故事就结束了。然后一切都有可能。不，莱娜说，并非一切皆有可能。我不能回到他身边，我并不生他的气，但是他让我感觉比我们首次相遇时更陌生。您当时有没有在您的日记中写到他？我问。写了，她说道。没有什么感动世界的内容。只记了我约一位起初挺友善的男士一同登山，后来他变得有些放肆。我当时爱上了这部剧的编剧，他曾经和我们一道上过山。但是他结婚了，年纪也比我大很多，反正我们是不可能的。谁知道呢，我说道。莱娜摇了摇头，我相信，我与克里斯登山，只为了让别人妒忌。这位剧作家爱上您了吗？我问道，莱娜耸了耸肩。这是另外一个故事。

我们离开了校园，在高速公路旁前行，从自然历史博物馆的昏暗建筑旁经过。因为我前天去过那儿，莱娜说，那里正举办一个瑞典动物世界的展览，包括驼鹿、驯鹿和狼群标本的老式漂亮布景。您似乎喜欢死掉的动物。我说。这个我倒没有想过，莱娜说道，也许是这样的，标本安全可靠，不会咬人。

我们脚下的路穿过建筑物稀少的地带，我觉得，我们如果再从对面那座桥走入居民区，就能把这座城市彻底抛在身后。我们顺着河岸走到第二座小桥，横跨过小桥时才意识到登上了一座森林覆盖的小岛。

您当时就想给这本书安排一个美好的结局，莱娜说，其实大多数故事都有美好的结局。书我不在手头，写作时无关行动，而是关乎寻找。人们找到了什么，事先无法知道。第二次写这本书时，我发现了不同于第一次写作的内容，另一种可能性。我不确定故事能否更好，但这不是重点。

小岛的另一端有一家餐馆，是一幢带露台的漆成白色的木屋，看上去更像独户住宅。里面灯光闪烁，透过窗户我们看见一个身穿节日盛装的团体。一名穿着深色西装的男士正在演讲。您瞧瞧，莱娜说，指了指角落，那边的小桌子上摆着一个三层蛋糕，一对小夫妇站在最上面。那里开始了一个新故事。

我们下坡来到水边，那是一座桥型码头。我们紧挨着靠在码头的栏杆上，眺望对岸的灯火。沉默了一会儿，我问道，您从我身上发现了他的某些气质吗？我不知道期待哪些答案或者从我这儿能得到哪些？莱娜考虑片刻，说道，您与他太相像了，又与他太不相同。假如我知道，假如我确信，他一度成为您，那么我很有可能回到他身边。但是，如果我离开他，如果他的生活像您的生活那样落空，他也许只能变成您。

她问，我有没有从她身上发现某些玛格达莱娜的气质？所有的一切，我说，您与当时的她一模一样，您的动作、笑容，您的轻松、严肃。您从没有试着弄清楚她遭遇了什么吗？莱娜问。没有，我说，但是我后来凑巧知道了。那天晚上，我第一次在舞台上见到您。当时我在扮演朱莉小姐吗？是的，我说道。休息时，我们碰到一位玛格达莱娜的老同事。他一直在剧团工作。乌尔里希？莱娜问。是的，我说。他们举办婚礼时是他在弹琴。他再次认出了我，我们简单聊了聊过去的时光，他告诉我，他不久前遇到了玛格达莱娜。她结婚了，现在生活在恩加丁。她生活幸福美满。乌尔里希告诉我。她的美丽始终未变。

有偏差，莱娜说道。对，我说道，但是毕竟所有该来的还是会来的。那么这就是幸福的结局吗？她问道。我不晓得，我说。实际上除了死亡外没有结局。而且这是罕见的幸福。我与玛格达莱娜曾经想过我们最喜欢的死去方式。我替冻死辩护，也许因为这是美好的死亡。但是玛格达莱娜不同意，她说，她讨厌冻死。她更喜欢在浴缸里喝一杯红酒，听着音乐与世界告别。当然前提是老态龙钟。我竭力想象她变成老妪、我变成老头的模样，我惊奇地发现，这番情形没有吓倒我，反倒吸引了我，仿佛开始就是我们相爱的目标。据说，只有一幢房子坍塌成废墟才算完结！

您的玛格达莱娜好像是非常理性的女子，莱娜说。我跟踪她去餐馆。我们则在一个岛上，她说道。如果我们不想在此冻死，除了原路返回，别无选择。我替我们叫了一辆出租车。

我们走进餐馆。莱娜与一位侍者交谈的间歇，我仔细观察着举办婚礼的房间。一位音乐家此刻在演奏电子琴，众人翩翩起舞。莱娜走到我身旁。我们的出租车几分钟后就到，她说道，司机在那座桥旁边等我们。这取决于和谁结婚，莱娜说。

在出租车里，她向司机打听最佳西方酒店的方位，请他把我们送到那里。途中她在手机上点着什么。我们抵达时，我和她下了车，跟随她走入酒店。在前台，她冲我转过身，说道，我不再玩这个游戏了。非常简单，现在我自己要一个房间，明天我看看能否订一张返程机票。她向夜班门房打听有没有单人间。我听到他告诉她价格，告诉她去房间的路，问她是否需要网络密码。不要，莱娜说完就笑了。我今天只需要一张温暖的床。她手持门禁卡，返回我身边。这真是终于水落石出的一个下午啊，她说，我不知道要不要为此谢谢您。她说她祝我一切好运。我同样也祝福您，我说道。我们能交换一下电话号码吗？我觉得不必了，莱娜说，没什么不好，但我在想，如果我们不再交往会更好。谁知道呢，我说，也许巧合会让我们再次见面。谁知道，莱娜说道，让我亲了一下她的脸颊。

36

我来到街上，这辆出租车还停在酒店前。司机充满期待地注视我。我摇摇头，往市中心方向走去。我思索着该不该寻找我遗失双肩包的酒馆。但是我怀疑我能否认出那个地方，甚至不确定那里是否存在。

我从城市图书馆旁经过，步入一家公园，一座森林覆盖的山丘。我似乎闯入了另一个世界。在山丘上矗立着一座古老的天文台，似乎不再运营了。我仰望天空，再次认出了猎户座、双子座和其他莱娜之前给我指出的星座。现在我也看到了大熊星座。山丘上的风明显要比街上猛烈，我冻得瑟瑟发抖，耳朵里呼啸的风声盖过了城市的噪声。我靠在一棵树上，用冰凉的手拂过结痂的树皮。我不由得想起了莱娜扮演朱莉小姐的那天夜晚。乌尔里希，她的演员同事，在休息间歇走到我面前，似乎期待着我的到来。他问我，我为何喜欢这场演出。我吃不准，我说道，演出与剧本相差极大。他略略地笑了，你想象一下，最后死的不是朱莉小姐，而是让。如果女性担任导演，就会出现这种情况。但是这位女士演得不错。我问他，他是否回忆起十六年前的演出。两位女演员一模一样,我说道。你这么认为吗?他想了想,然后摇摇头。他告诉我,他不久前见过玛格达莱娜。他邀请我们参加了她的婚礼,他说,全都是老人。简直不亦乐乎。她和谁结婚了?我们一道爬山时,她结识的那个小伙子,你能回忆起来吗?他和她一块儿去登山,在表演结束后一直去接她。他们相好有一段时间了,分过手,几年后再度重逢。堪比一部长篇小说。你是啥情况呢?我耸耸肩,这是另一个故事。

37

奇怪，在我的生活中，有些年份我几乎没有回忆，即使在我一生中烙下深深印记的重要事件和转折点，我也常常想不起来，好像发生时我并不在场，也没有我的参与。然而，又总有一些微不足道的小场景，当时觉得毫无意义，但是二三十年后竟又如此真切，好像刚刚经历过。

在逝去的岁月里，有一个寒冷的星期天早晨，我不满二十岁，还住在父母家。我很早醒来，无法入睡。房子里异常安静。几天前下过雪，积雪没有融化，我决定外出散步。

尽管天空乌云密布，空气却异常清新。大雪削弱了噪声，从房屋的烟囱里没有烟柱升起，叫人感觉好像处在一个无人的世界。我从村子里出来，往小河边走去，那里建有一座吊桥，供行人和自行车骑手前往邻村。我快要走过吊桥时，看到在另一侧，陡峭延伸的道路上躺着一个人。我发现是一位老者，他多半在结冰的道路上滑倒了，然后爬不起来。我帮助他站起来，如今我还能感觉到他大衣的粗糙面料，想起他身上散发的卫生球气味。他似乎没有受伤，但是他的脸冻青了，嘴唇几乎煞白。

我问他从哪儿来。他没有听明白,但是从他的话中我猜到他住在"男人之家",一家供独居老人栖身的养老院,由一家教会机构运营。我说,我送他回去,他说,他不想回去,他指指河对岸,嘀咕着一些我没有听懂的话语。费了很久我才说服他。他最终听从了我的劝告,我感觉他丧失了全部力气,我不得不抓紧他胳膊,免得他再次跌倒。

前往"男人之家"的路并不遥远,但是我们花了半个小时才走到那儿。老者挽着我的胳膊,他的背脊弯曲,上身几乎水平前倾。在途中,他说的话不超过三句。他似乎很困惑,谈及一位与他散过步的女子。我们行走时,我感觉似乎有些比语言更深刻的东西把我们联在一起,似乎要我们合二为一,一种四足动物,同时年迈又年轻,既处在开端,也处在终点。

"男人之家"是一幢陈旧的大型建筑,竖立在一座铁路高架桥旁边的洼地上。我不由得想起了各种传记,多年之后在此找到了结局;我想起了所有没有家庭的老人,栖身于此,除了等死,别无期待。夏季他们坐在大楼前,啃着廉价的小雪茄烟蒂,似乎他们又有一个目标。有人认出他们,问候他们,尽管他们从不回应。若有一个人去世,没人会想念他。

老爷爷没说什么,我祝他万事如意,目送他吃力地爬上露天的台阶,打开破破烂烂的木门。我想象他在楼内慢慢爬上楼梯，一级又一级，直到来到二楼，他的卧室。走廊里冰冷昏暗，弥漫着咖啡、清洁剂和老年人的气味。我想象着他狭小简陋的房间，一只小行李箱就能容下的个人物品。如果老人死去，所有东西都会被扔进垃圾堆，因为他没有任何亲属，因为没有人对他的物品感兴趣，甚至没人关心他的几张黑白照片，上面有早已过世的人，有他的父母、祖父母，有他的远房亲戚，也许照片来自他曾经爱过的一位年轻姑娘。

回家途中，我想象着像他那样终结，摆脱了生活中的一切，不留下任何痕迹。在一条结冰的路上摔倒，不再起身，最终在某个时刻彻底放弃。我的呼吸更平静了，我再也感觉不到寒冷。我想起了自己从未经历过的人生，模糊的图像，人形的剪影，遥远的声音。奇特的是，当时这种想象并没有让我感觉悲哀，反而合情合理，有一种清晰的美丽与正确，犹如多年前的那个冬天的早晨。

译后记

作者及作品

也许您刚刚饶有兴致地读完瑞士作家施塔姆的《这世界的甜蜜与冷漠》，沉醉于其简约的文字、精巧的构思及其流畅的叙述中。也许您为小说男主人公克里斯托弗与往昔情人玛格达莱娜二人与年轻二十来岁、酷似玛格达莱娜的莱娜以及莱娜的男友克里斯之间的复杂关系而迷茫，一时半会儿还摆脱不了克里斯托弗与他的影子克里斯、玛格达莱娜与她的影子莱娜之间的角色相似和重叠造成的理解束缚……作者施塔姆到底在这部篇幅并不长的小说中设置了哪些迷局，确实一开始让读者有些百思不得其解。

1963年，彼得·施塔姆出生在瑞士图尔高州的舍青根，在魏因费尔登长大，现居温特图尔。他早年曾学习过商科，像他父亲那样做过会计，高中毕业后，进入苏黎世大学学习了半年英语语言文学，后又转到纽约大学，花半年时间，攻读心理学和精神病理学，曾在纽约、巴黎、斯德哥尔摩等地旅居多年。从1990年开始，施塔姆成为记者和自由作者，为瑞士的《新苏黎世报》、《每日导报》、瑞士电台及德国不来梅电台等媒体撰写评论、广播剧、舞台剧本、儿童文学等作品。

施塔姆选择多个专业学习完全是出于对文学的兴趣，他在世界各地生活和漫游，需要了解和体验更多的人和事作为文学创作对象，这些都可从他的几部短篇小说集《薄冰》《在陌生的花园里》《我们飞》《海岭》中读到。施塔姆是一位非常勤奋而多产的作家，作为瑞士当代文学的重要代表之一，获得了一系列文学大奖，例如劳利泽文学奖、莱茵高文学奖、瑞士席勒基金会大奖、卡尔·海因利希·恩斯特艺术奖、荷尔德林奖等等，2013年他还曾经入围布克国际奖的短名单。施塔姆虽然在国际上影响巨大，也曾入围瑞士图书奖的短名单，但是两次与这个瑞士国内最著名的文学奖项失之交臂。直到2018年，施塔姆终于凭借《这世界的甜蜜与冷漠》荣获当年度瑞士图书奖。在他第一部小说《阿格尼丝》问世二十年之后，彼得·施塔姆终于赢得瑞士文学界的认可。他不但获得了三万瑞士法郎的丰厚奖金，也进一步夯实了在文学界的地位。施塔姆的作品拥有广泛的国际知名度，先后被译成三十九种文字，在全球各地出版，他几乎所有的作品都翻译成了英文，《纽约客》甚至假设道："倘若阿尔伯特·加缪还活着，他或许会像彼得·施塔姆这样写作。"

施塔姆对我国的读者来说并不算完全陌生的。2006年《世界文学》杂志专门编辑了"施塔姆专辑",刊发施塔姆的几部短篇代表作。2007年上海译文出版社出版的《红桃J——德语新小说选》收录了他的短篇小说《火墙》。2007年他首次访华,参加了北京书展,与中国作家毕飞宇在新浪网上进行了文学对话。2009年《外国文艺》第3期全文刊登了由笔者翻译的《阿格尼丝》。2010年上海世博会召开前夕,由笔者翻译的两部长篇小说《阿格尼丝/如此一天》由上海译文出版社出版。同年5月施塔姆再次来华,参加上海世博会,并在世博会瑞士馆朗诵了他的作品,之后还专程去上海外国语大学、浙江大学和宁波大学参加他的作品朗诵会和读者见面会。2011年《外国文艺》第5期刊出了他的短篇小说《净土》。2013年湖南少年儿童出版社出版了笔者翻译了德国著名插画家尤塔·鲍尔插图、施塔姆创作的童书《寻找家园——十八个奇思妙想的家》(又名《我们为什么住在城外》)。2013年九久读书人出版了他的短篇小说集《我们飞》,后于2018年再版。2014年浙江文艺出版社则推出了他的《七年》。施塔姆的小说因其"对人类深不可测的欲望有着如此敏锐的感知与睿智",并跨域了语言和国家的边界,而深深吸引了世界各国的读者。

小说样式的创新运用:"Roman"或"Novelle"

《这世界的甜蜜与冷漠》在小说样式的运用上可谓独树一帜。如若我们审视德文原版封面,不禁要问,实际上这部只相当于中篇小说体量的作品,为何在德文版上被贴上长篇小说(Roman)的标签?作者、出版社、编辑是出于何种动机?

我们只要回顾一下施塔姆小说创作的历程,就会发现自从他的处女作《阿格尼丝》问世以来的一种十分有趣的写作规律。施塔姆喜欢交替使用长篇小说和短篇小说的文学样式写作:

《阿格尼丝》,长篇小说,1998年;

《薄冰》,短篇小说集,1999年;

《恍惚的风景》,长篇小说,2001年;

《在陌生的花园里》,短篇小说集,2004年;

《如此一天》,长篇小说,2007年;

《我们飞》,短篇小说集,2008年;

《七年》,长篇小说,2009年;

《海岭》,短篇小说集,2011年;

《黑夜是白天》,长篇小说,2013年;

《事物的奔跑》,短篇小说合集,2014年;

《天堂放逐》,班贝格诗学演讲和散落的文字,2014年;

《田野辽阔》，长篇小说，2016 年；

《这世界的甜蜜与冷漠》，长篇小说，2018 年；

《天黑之时》，短篇小说集，2020 年；

《感觉的档案》，长篇小说，2021 年。

其中，有几年穿插了其他几个写作项目，比如施塔姆用现代德语改写了《海蒂》(2008)、《瑞士的鲁滨孙》(2012) 等等，但是近几年施塔姆又恢复了这样的写作规律。

然而，如果我们仔细阅读施塔姆的"长篇小说"(Roman)，会惊奇地发现他的大多数这类作品，从内容与篇幅来看，并不具有传统长篇小说的主要特征。这是因为，施塔姆一直想在创作上有所突破，力图避开传统长篇小说这一样式的宏大叙事，减少错综复杂的人物关系，压缩篇幅，并尝试以更简练和优美的文字，让读者在这个读图的时代，通过清晰的故事架构和简单明了的语言，直击书中人物的内心深处，同时通过透视与剖析个体的心灵轨迹，发掘人类生存的本性。

《这世界的甜蜜与冷漠》虽然包含了 37 章，从小说架构来看，确实类似于长篇小说，然而，它的每章只有很短的篇幅，翻译成中文总共才四万多字，完全属于我们所理解的中篇小说的体量。按《辞海》定义：

中篇小说：小说的一种，篇幅介于长篇小说与短篇小说之间。通常截取生活的一个完整的段落进行描写，着重一至几个人物的刻画，与长篇小说相比，人物关系不太复杂，情节线索较为单纯。①

因此，姑且不论 Roman 一词在本书中应该翻译成"长篇小说"或者"中篇小说"，单单就《这世界的甜蜜与冷漠》的篇幅和人物关系来论，这部小说与《辞海》的中篇小说定义几乎完全吻合，所以把这本书收入"中经典精选"也算得上是实至名归吧。

但是为了方便读者加深对这部作品的理解，笔者还是有必要在此对德语中的"Roman"和"Novelle"做更详尽的解释。

据德国权威的《梅茨勒文学词典》对"Roman"的定义：

"Roman"来源于法语，系散文中虚构叙事的大形式。长篇小说通过其散文形式与古希腊罗马史诗，其虚构特征与自传、传记和历史故事，其篇幅与短篇小说或中篇小说

---

① 辞海编辑委员会. 辞海[M]. 上海：上海辞书出版社，2010: 2486.

相区别。随着大形式出现了长篇小说叙事的广度的拓展和它与古希腊罗马神话共享的世界模型展现的趋势。这种绝对性也体现在其异乎寻常的整合能力上：长篇小说可以接受最不相同的素材（骑士小说、流浪汉小说、艺术家小说、大城市小说、侦探小说）、题材（爱情小说、修养小说、社会小说）、话语（哲理小说和历史小说）、叙事方法（书信体小说、日记体小说、对话小说）、写作方式（讽刺小说、情感小说、幻想小说）等等。①

而《辞海》对长篇小说的定义，除了篇幅较大这个共同特征外，与《梅茨勒文学词典》对长篇小说的定义并不完全一致。《辞海》的定义如下：

> 长篇小说，小说的一种，是叙事文学作品中结构规模最大一种，能在广阔的时空范围内多方面地反映一个历史时期的社会生活面貌，一般来说，长篇小说人物较多，个性表现较为充分；反映生活程度较其他叙事文学更为深入，

---

① Dieter Burdorf. Metzler Lexikon Literatur Begriffe und Definitionen Stuttgart: J. B. Metzler'sche Verlagsbuchhandlungund Carl Ernst Poeschel Verlag GmbH 2007: 658.

有一个或者多个主题并存，展示多方面的矛盾冲突，情节结构更为复杂，优秀的长篇小说被视为历史的巨幅画卷，成为近代以来衡量一个国家和民族文学成就的主要标志。①

从中德两国学界对长篇小说定义可见，德语"Roman"翻译成"长篇小说"，只能算大体一致，而实际上各有侧重，因此并不能简单地将两者等量齐观。

而"Novelle"，虽然通常译为"中篇小说"，但实际上也是类似的情况。许多德语的文学术语对应的中文翻译其实只是在内容上实现了部分的一致，并不能完全对等。我们若简单翻译为"中篇小说"，也不能完全体现这个概念在德文中的真正含义。《梅茨勒文学词典》对它的定义如下：

> "Novelle"来源于拉丁语"新鲜事"及意大利语"新鲜小事"，有着散文式的叙事，少见诗歌形式。一般为单线的、聚焦高潮的、封闭形式的散文或者小说，中等长度，需要基于真实事件，兼具美学效果。②

---

① 辞海编辑委员会. 辞海[M]. 上海：上海辞书出版社，2010：199.
② Dieter Burdorf. Metzler Lexikon Literatur Begriffe und Definitionen[M]. Stuttgart: J. B. Metzler'sche Verlagsbuchhandlungund Carl Ernst Poeschel Verlag GmbH 2007: 546.

由于"Novelle"这种样式别具一格，所以曾获得众多大家的追捧，歌德、克莱斯特、凯勒等人都喜爱用这种样式写作，例如克莱斯特的《O侯爵夫人》《智利地震》《圣多明各的婚约》，托马斯·曼《威尼斯之死》、君特·格拉斯的《猫与鼠》《蟹行》等都是在德语文学中非常著名的例子。

施塔姆的散文作品主要由短篇小说（Erzählung）和长篇小说（Roman）组成。如果严格遵从定义，那可以说他从来没有创作过真正意义上的"Novelle"，《这世界的甜蜜与冷漠》只是一部篇幅上接近中国读者认知意义上的"中篇小说"，而非"Novelle"。

因此，施塔姆创作过的"长篇小说"，若按篇幅衡量，只有《七年》勉强算得上。他的其余德文版冠名为"Roman"的作品，翻译成中文大多在四万到八万字不等，大体相当于中篇小说的体量，绝对不是德语文学中的"Novelle"。

影子素材（Doppelgänger-Stoff）

施塔姆在《这世界的甜蜜与冷漠》之中概括了他对个体命运的思考："你遇到了曾经的你。他做了其他的决定，犯了其他的错误，但他并没有逃脱你的命运。"

影子、替身素材，在文学史是一个常用的母题，也正是施塔姆想要在这部小说中要加以表现和拓展的，更是该小说能否取得成功的关键。"Doppelgänger"在《杜登德语词典》定义为"与另外一个人容易混淆的面貌相似的人"，它在德语中还有一个同义词"Zwilling"。准确说来，这个词并无对应的中文翻译，本书翻译成"影子"不过是一种权宜之计，而"Zwilling"的意思是孪生子或双胞胎。"影子在文学创作中可以是互补、和谐和完美，对抗、竞争，内在和超验以及身份危机之间关系的象征。对于象征的形成重要的是影子和孪生子格外的相似性或者一致性，但它未必随同特征的一致性出现。"[1] 毋庸置疑，在德语文学史上，影子素材通常被作者赋予象征意义，那么施塔姆在小说中想要象征或者表达什么？他试图要实现哪些突破呢？

施塔姆一直对影子素材（Doppelgänger-Motiv）情有独钟，他在谈及小说创作时，自称在他电脑里一般都设了一个相应的文件夹。在"这世界的甜蜜与冷漠"文件夹里，第一个子文件夹叫"过去的自我"（Alter Ego），第二个子文件夹叫"记录"，里面记下了施塔姆创作时的想法。施塔姆为了写作此书，收集了大量的影子素材，涉及德国女作家德罗斯特-许斯霍夫、海

---

[1] Günter Butzer, Joachim Jacob. Metzler Lexikon literarischer Symbole[M]. Stuttgart: Verlag J. B. Metzler, 2012: 526.

涅、陀思妥耶夫斯基到博尔赫斯等人的作品。

在施塔姆的几部小说中也曾出现过虚构出来的影子。施塔姆的处女作《阿格尼丝》就是某种程度上的影子故事，除了现实中的阿格尼丝之外，还有一位她朋友描述的虚构的阿格尼丝，她的生活影响着现实生活中的阿格尼丝。施塔姆强调二十年前一举成名的《阿格尼丝》对他的《这世界的甜蜜与冷漠》产生了巨大的影响，这种互文性让我们不得不将两部作品加以比较。施塔姆的处女作《阿格尼丝》1998年由瑞士阿歇特出版社出版，先后被翻译成包括中文在内的二十一种文字，被改变成电影和广播剧，1999年获得劳力泽奖。该书曾被德国巴登符腾堡州列为文理中学的必读教材。《阿格尼丝》设定的开放结局，引起了中学生读者的浓厚兴趣。施塔姆多次应邀与德国中学生会面，探讨故事的构思和写作。很多人提出为什么不能从女性视角，即从阿格尼丝本人的视角来讲述这个故事。而当时还有一位女学生，直接给施塔姆寄来了三十页的《阿格尼丝》改写本，叙事者真的变成了女性。

施塔姆在《这世界的甜蜜与冷漠》开头场景源于他与电影《阿格尼丝》的女演员奥蒂娜在斯德哥尔摩的"林地公墓"的散步：

> 我们聊起了她的角色，她对阿格尼丝的看法，对我而

言这个角色比她之前的曾经的样子更鲜活。①

在这部小说的记录中出现了这样的句子：

> 我是你需要的人，我是你在我身上想看到的人。
> 一位作家在他的家乡遇到了他自己。他心烦意乱地离开，然后在后续的生活中又相遇了。他开始掺和，给他过去的自我出主意，尝试阻止他犯错误。但是正如发生过那样，同样的事总是一再发生。②

施塔姆在开始创作之前，留下了大量相关记录，这些素材是他创作影子故事的关键性要素，成就了这部小说的最终格局。

故事梗概与叙事技巧

《这世界的甜蜜与冷漠》故事结构非常简单，叙事者克里斯托弗，是一位中年作家，也是书中讲故事的"我"，在瑞典首都斯德哥尔摩巧遇年轻姑娘莱娜，跟踪莱娜来到她下榻的酒店，

---

① 参见：https://www.tagblatt.ch/kultur/buch-buehne-kunst/peter-stamm-in-meinen-notizen-ging-es-immer-nur-um-handlungsvarianten-ld.1325939（2022.06.03）
② 同上

在酒店大堂留一下一张纸条,他想要约会她。因为莱娜酷似他二十多年前热恋的女友玛格达莱娜,克里斯托弗要向莱娜讲述他与玛格达莱娜的故事……

书的开头描绘了克里斯托弗在斯德哥尔摩著名景点"林地公墓"约见莱娜的情形。莱娜一般不会与陌生男人约会,但是她竟然无法拒绝克里斯托弗的邀请,鬼使神差地前来赴约。见到之后,一边走,一边耐心聆听克里斯托弗讲述他与玛格达莱娜的故事。莱娜酷似玛格达莱娜,克里斯托弗竟然熟悉莱娜的生活,知道她即将面临的一切。于是便开始了一场没有先例的真实游戏,在过去与现在之间徘徊,任何人都不再能轻易脱身……

施塔姆试图在最小的空间范围内讲述一位无法解释的女孩与叙事者克里斯托弗之间的不同的故事,而这个女孩的男友克里斯如是克里斯托弗年轻时模样,不但相貌,举止相仿,甚至行为都与克里斯托弗极为相似。施塔姆想要向读者提问:我们能够摆脱自己的命运吗?或者我们必须借助世界的甜蜜和冷漠来应对吗?

整个故事在叙述者克里斯托弗与莱娜行走中的交谈中展开,如同一部电影的蒙太奇,由现实与回忆拼接而成,画面交错变化,故事随叙事者的讲述而延续,让人产生要一口气读完的欲望,产生探究这几人之间错综复杂关系的动力。

翻译：翻译工作坊

与其他德语作家的作品相比，施塔姆的小说或许相对容易翻译。这主要是施塔姆独特的写作风格使然。他的文字比较简练，句子不长，人物对话不喜欢用双引号。但这些并不意味着懂德语人都能译好施塔姆的文字。尤其是他简练的语言中蕴含深刻的思想，若译者只满足于表面的字意理解，不下功夫读懂和吃透文本，未必能够传神地再现原作者的思想和意蕴。

笔者2009年开始陆续翻译施塔姆的《阿格尼丝》、《如此一天》(2010)、《我们为什么住在城外》(2013)、《七年》(2014)等，对他的语言风格有深刻的体会。2009年年初应邀去瑞士洛伦国际译者之家，第一次见到了施塔姆，与他讨论《阿格尼丝》理解与翻译问题。2016年，笔者应邀去瑞士洛伊克巴德参加洛伊克巴德国际文学节，施塔姆是文学节的重要嘉宾，笔者和伊朗、挪威等六国译者参加了由他本人主持的翻译工作坊。当时我们共同翻译了他的短篇小说《爱玲的苹果》，并与瑞士读者见面，讨论施塔姆作品的翻译问题。在德语国家，翻译工作坊是文学翻译通常采用的翻译模式之一，往往由某个文学机构或者文化基金会或出版社赞助，邀请作者与翻译其作品的译者共同参与，在工作坊里直接向译者介绍他作品的创作背景和构思，回答译者在翻译过程中遇到的语言和理解问题。这种翻译实践的模式，加强了作者与译者的联系，能最大限度地消除译者在文本理解上的困惑，从而有效地提高译本的翻译质量。

在翻译《这世界的甜蜜与冷漠》一书时，笔者把翻译工作坊的模式搬到了大学翻译课堂上，专门组织了宁波大学德语系2021届研究生和2019届本科生翻译此书的部分章节，在翻译工作坊上，我们深入细致地探讨了文学作品的翻译策略以及句子、篇章翻译时应采取何种翻译方法等问题，对于书中难点和不解，我一直通过电子邮件向施塔姆本人求教。因此，这部译稿也凝聚了年轻朋友们的批评与建议，他们的语言和表达对笔者译文的改进提供了有益的帮助。我们在充分对比与讨论所译文本的基础上，总结与探讨了相应的翻译标准，为更加传神和精准地翻译这部小说定下了基调。在此，笔者对热爱翻译、学习翻译的宁波大学德语系的同学们表示深深的谢意！

翻译是一门的遗憾的艺术，虽然笔者为翻译这部小说倾注了不少心血，使用了多种翻译方法与手段了提升译文的品质，但是错漏仍然在所难免，恳请读者朋友们批评和指正！

译者
2022 年 7 月 1 日